ZONE D'OMBRE

LE MÉTRO VAMPIRE

J. R. BLACK

TRADUIT DE L'AMÉRICAIN
PAR MARIE-HÉLÈNE DELVAL

PASSION DE LIRE
BAYARD POCHE

Titre original
Undead Express

Loi n° 49 956 sur les publications destinées à la jeunesse
Dépôt légal janvier 1997

ISBN : 2 227 72921 X

En guise d'apéritif...

Une odeur écœurante passa sur moi comme une vague. J'étais terrorisé et totalement paralysé. Je savais que cet homme était mauvais. Mais je ne pouvais pas fuir, comme si son regard m'avait hypnotisé.
Je fis un pas en avant.
- Approche, approche...
J'entendais ces mots dans ma tête aussi clairement que s'il les avait prononcés. Pourtant ses lèvres ne remuaient pas.
J'avançai, j'avançai encore.
Brusquement, une vive lumière m'éblouit. J'étais arrivé à l'extrême bord du quai et une rame surgissait à toute allure...

1

C'était le dernier cours du vendredi après-midi. Nous étions en train de lire un texte de notre manuel *Courtes histoires à résumer et commenter*. Ou, plus exactement, seules les grosses têtes comme Alice Swaan lisaient, tandis que les autres rêvassaient ou griffonnaient dans la marge de leurs cahiers.

Mme Nowicki, notre professeur de littérature, était supposée noter notre dernier devoir, mais, de temps à autre, elle piquait visiblement du nez sur ses copies.

Soudain, Mick Materson, le dur de la classe, me souffla :

– Hé, Fred, regarde la pendule !

Je regardai la pendule parce qu'on fait toujours ce que Mick nous dit de faire.

– Qu'est-ce qu'elle a, la pendule ? chuchotai-je.

– Elle est arrêtée, dit Mick.

C'était vrai. Les aiguilles indiquaient trois heures vingt alors qu'à ma montre il était quatre heures moins le quart.
Si n'importe qui d'autre que Mick avait fait cette remarque, j'aurais répliqué d'un air faussement admiratif : « C'est bien, bébé ! On sait lire l'heure maintenant ! »
Mais on ne joue pas à ça avec Mick. Sauf si l'on a envie de se faire rectifier le portrait. Aussi je me contentai de hausser les épaules :
– Oui, et alors ?
– Alors toi, tu as une montre, et Nowicki n'en a pas, tu saisis ?
Une petite lueur clignotait dans ses yeux, le genre de petite lueur qui explique pourquoi Mick est si souvent envoyé dans le bureau du directeur.
Il continua :
– Tu vas lever le doigt et signaler gentiment qu'il est quatre heures. Avec un peu de chance, la mère Nowicki va nous laisser sortir plus tôt, t'as compris ?
– T'es fou ! Alice s'empressera de lui dire qu'il n'est que moins le quart, et c'est moi qui me ferai épingler !
– Pauvre chou ! siffla Mick avec mépris. On a peur d'être grondé par la dame !
Je m'éclaircis la gorge et levai la main :
– Hmm... Madame ? La pendule s'est arrêtée !

Mme Nowicki sursauta, comme prise en faute. Cette fois, elle s'était carrément assoupie.
– Qu'est-ce que tu dis, Fred ?
– La pendule, Madame. Elle s'est arrêtée. Il est quatre heures une.
J'avais ajouté une minute pour faire plus vrai. Quand on trafique la vérité, il faut toujours préciser un détail, les gens vous croient plus facilement, je l'ai souvent remarqué.
Évidemment, Alice voulut lever la main, mais Janie l'en empêcha à temps en lui plaquant fermement le bras sur la table.
Mme Nowicki ne s'aperçut de rien. Remontant ses lunettes sur son nez, elle cligna plusieurs fois des yeux comme pour tenter de se réveiller et bredouilla :
– Oh, merci, Fred. Vous pouvez sortir. Bon week-end et à lundi !
Tous les élèves bondirent de leurs sièges comme s'ils leur avaient soudain brûlé les fesses.
Mick fut le premier dehors. Il ne m'avait même pas remercié !
Je sentis une pointe de stylo me piquer le dos. Je me retournai. C'était Gabrielle Cohen, ma meilleure amie. Gaby a de grands yeux lumineux où l'on peut lire exactement ce qu'elle ressent. Et ce qu'elle ressentait à cet instant était un mélange d'inquiétude et d'exaspération.

– Pourquoi tu te laisses faire par ce gros lard de Mick ? bougonna-t-elle en rassemblant ses cahiers. Tu vas avoir des problèmes lundi, Fred !
Gaby et moi, on est amis depuis l'âge d'un an. On n'a pas vraiment eu le choix : nos mères respectives étaient tout simplement inséparables.
– Dépêchons-nous de disparaître ! chuchota une voix derrière nous.
C'était J. T. Heffer, mon deuxième meilleur ami.
– Si Mme Nowicki s'aperçoit qu'elle nous a fait sortir un quart d'heure trop tôt, Fred va être collé jusqu'à six heures ! ajouta-t-il.
Le véritable prénom de J. T. est John. Mais le jour où il a prétendu changer pour Jérémiah Théodorus, Gaby et moi, on a décidé de l'appeler J. T.
Il est plutôt du genre nerveux. Il avait tellement hâte de s'en aller qu'on aurait cru voir crépiter des étincelles dans ses cheveux coupés en brosse ! Mais il avait raison : rester collé jusqu'à six heures un vendredi soir, pas question !
Nous partîmes en courant et ne commençâmes à ralentir que deux rues plus loin.
– Alors, demanda J. T., qu'est-ce qu'on fait samedi ? Moi, j'ai envie d'aller m'acheter une nouvelle BD à la librairie Planète interdite !
– Bonne idée, dit Gaby. Et après, on pourrait aller manger des tacos chez Lupe. Il y a un temps

fou que je n'ai pas mangé de cuisine mexicaine !
Je soupirai :
– Vous irez sans moi, les copains. C'est un week-end « M » !
Gaby fronça les sourcils :
– Je croyais que c'était un week-end « P » ?
– Non. Rien à faire, c'est un « M ».
Un week-end « M » signifie que je dois prendre le métro pour aller de l'autre côté de la ville passer le samedi et le dimanche chez ma mère. Un week-end « P » veut dire que je reste avec papa, dans notre atelier de la rue Franklin.

Mes parents ont divorcé l'an dernier. Ce ne fut pas vraiment une surprise pour moi. Depuis que la réussite de maman dans son travail l'avait transformée en véritable femme d'affaires, ça n'allait plus très fort entre eux. Mon père est artiste peintre. Il ne se sent à l'aise que dans ses vieux pantalons et ses chemises pleines de taches. Il se nourrit de pizzas et de tacos. Maman, elle, porte des talons hauts, des tailleurs de grands couturiers et fait des repas d'affaires dans les restaurants chics.
Ce n'est pas qu'elle soit snob, pas du tout. Elle est drôle et gentille. Mais elle en a eu assez de toujours tirer le diable par la queue. Alors elle a mis toute son énergie à changer de vie. Et elle a

réussi. Le problème, c'est que mon père, lui, n'a aucune envie de changer. La vie qu'il mène lui plaît.
Après avoir longuement discuté avec maman, nous avons décidé d'un commun accord que je resterais avec papa pour ne pas changer d'école et ne pas perdre tous mes copains.
– Flûte ! grogna J. T., un week-end « M » !
Maman habite un magnifique appartement où j'ai ma propre chambre. Mais, même le week-end, elle n'a guère le temps de s'occuper de moi. Il y a toujours une urgence à son travail qui l'oblige à courir toute la journée entre son téléphone et son fax. Quelque temps plus tôt, j'eus l'imprudence de raconter la vérité sur mes week-ends dans les beaux quartiers à Gaby et à J. T., et, depuis, ils se croient obligés de me faire chaque fois leurs condoléances. Ça me met mal à l'aise, j'ai vaguement l'impression d'avoir trahi ma mère.
– Mais cette fois, déclarai-je, ça va être un super week-end. Maman a eu des places pour le championnat de hockey sur glace !
J'avais dit la première chose qui me passait par la tête.
– Ouah ! T'as de la chance ! fit J. T.
– Bon, salut, il faut que je file, dis-je en évitant de les regarder dans les yeux.

Gaby, J. T. et moi, nous sommes vraiment les meilleurs copains. Nous avons eu plus d'une fois l'occasion de nous le prouver. Par exemple, le jour où J. T. a eu sa crise d'appendicite et qu'on a passé l'après-midi à l'hôpital au lieu de regarder la cassette de *La guerre des étoiles* qu'on venait juste de louer. Et le jour où Gaby a été désignée pour jouer Perséphone, la déesse du Printemps, à la fête de l'école et qu'on n'a même pas ri quand elle est apparue avec sa couronne de fleurs en plastique sur la tête. Voilà à quoi on reconnaît ses vrais copains.

Mais je ne voulais plus leur laisser croire que maman n'avait jamais le temps de s'occuper de moi. C'est pour ça que j'avais inventé cette histoire de match de hockey.

Après les avoir quittés, je passai par la boutique de vidéo. Maman a le chic pour louer les films les plus ennuyeux de la terre, aussi je préfère choisir quelques cassettes, des trucs devant lesquels ni papa ni maman ne me permettraient jamais de rester tout seul. Je possède mon propre magnétoscope dans ma chambre, et maman a bien autre chose à faire que de venir vérifier ce qui se passe sur l'écran de ma télé !

Génial ! *La malédiction du vampire* était disponible, je pouvais la prendre ! Je glissai la cassette dans mon sac à dos.

Je descendis dans le métro. Ce n'était pas une heure d'affluence et j'étais l'unique voyageur à attendre la rame. Jamais je ne l'avouerais à Gaby ou à J. T., mais je n'aime pas du tout être seul sur un quai de métro. Il y a des recoins obscurs d'où n'importe qui ou n'importe quoi pourrait sortir, et le scintillement des rails me donne la chair de poule.

Je sifflotais pour me donner du courage quand j'entendis la rame qui approchait.

Je vis alors sortir du tunnel le plus étrange métro qu'on puisse imaginer. Il ne comportait qu'un seul wagon, avec un toit carré et des portes très étroites. On aurait dit un métro d'autrefois, comme on en voit au musée des Transports. Il roulait sur la voie rapide et ne pouvait donc s'arrêter. Je le regardais passer avec la curieuse impression de visionner un film au ralenti. L'éclairage devait être mal réglé à l'intérieur du wagon, car les visages des voyageurs étaient d'une blancheur de craie. Ils tournèrent lentement la tête vers moi, mais leur regard était sans expression.

Un homme très grand, enveloppé dans une longue cape noire, se tenait debout sur la plateforme arrière, un étrange sourire figé sur sa figure pâle. Soudain, il jeta vers moi quelque chose qui tomba à mes pieds. C'était un rat. Un

rat mort. Un filet de sang rouge vif rayait son pelage gris.
Je fis un bond en arrière en poussant un cri. Mon regard rencontra celui de l'homme, et il me sembla que le temps s'arrêtait, comme dans un cauchemar.
Une odeur douceâtre, écœurante, passa sur moi comme une vague. J'étais terrorisé et totalement paralysé. Je savais que cet homme était mauvais. Qu'il était le Mal. Mais je ne pouvais pas bouger. Son regard m'avait hypnotisé.
Il leva vers moi un long doigt osseux et du plus profond de mon cerveau jaillit un silencieux NON !
Pourtant, je fis un pas en avant, un autre...
L'homme souriait :
– Approche, approche...
J'entendais ces mots dans ma tête aussi clairement que s'il les avait prononcés. Pourtant ses lèvres ne remuaient pas. Sa voix était douce, caressante. Quelque chose en elle me donnait la nausée.
J'avançai, j'avançai encore...
Brusquement, une vive lumière m'éblouit. J'étais arrivé à l'extrême bord du quai et une rame surgissait à vive allure.

2

– Fais attention, mon gars !
Une main avait agrippé le col de ma veste, me tirant brusquement en arrière. Je me retournai et vit un homme en parka qui me regardait en secouant la tête.
– Tu aurais pu te faire tuer, dit-il en criant pour couvrir le grondement de la rame. Il ne faut pas rester au bord du quai comme ça !
– Vous l'avez vu ? lui demandai-je d'une voix tremblante.
– Quoi donc ?
– Ce... ce..., bredouillai-je.
– Ce n'est qu'un rat, fit l'homme en repoussant la bête morte du bout du pied. Il ne risque plus de te mordre !
Les portes s'ouvrirent en chuintant et il monta. Je bondis derrière lui et me laissai tomber sur

une banquette, essayant de calmer les battements désordonnés de mon cœur.
Le type, dans ce drôle de wagon, c'était un vampire, un vampire dans un métro où voyageaient des morts ! Je serrai fortement mes mains l'une contre l'autre pour les empêcher de trembler. Est-ce que j'avais vraiment vu ça ?
Oui, je l'avais vu.
Je regardais défiler les stations, les voyageurs monter et descendre. Et le monde m'apparaissait soudain comme un lieu terrifiant où n'importe quoi pouvait arriver.
Il me fallut tout le temps du trajet pour reprendre mes esprits et comprendre ce qui s'était passé : je venais d'assister au tournage d'un film ! On voit souvent des équipes de tournage dans Manhattan. C'était certainement un groupe d'acteurs déguisés et maquillés pour une publicité quelconque. Je n'avais pas vu de caméra, mais elle était sans doute à l'intérieur du wagon. Quant au reste, la voix dans ma tête, l'étrange odeur, tout cela n'était que le fruit de mon imagination. Maman dit toujours que j'ai une imagination incontrôlable !
Je me sentis tellement soulagé que j'éclatai de rire sans me soucier des regards réprobateurs ou amusés des autres voyageurs. Une dame assise près de moi se leva même pour changer de siège

comme si j'étais contagieux. Avec son air pincé, elle me rappelait la vieille tante Marge quand elle regarde les tableaux de papa en déclarant qu'elle ne doit pas être assez intelligente pour comprendre ce genre de peinture.

Comme la rame s'arrêtait à ma station, je me levai et descendis sans cesser de rire.

– Ah ! Les gosses d'aujourd'hui ! grommela une voix derrière moi avant que les portes se referment.

Je dois reconnaître que maman avait fait un effort, ce week-end-là. Elle avait préparé elle-même notre dîner du vendredi soir. Et ce n'est pas de sa faute si un appel téléphonique de la plus haute importance l'avait dérangée au mauvais moment, juste le temps de transformer les spaghettis en longues ficelles pâteuses. Maman en laissa tomber un paquet collant au milieu de mon assiette et me regarda avec anxiété goûter la première bouchée.

– Ils sont comment ? murmura-t-elle.

Je mâchai, avalai. C'était les pires spaghettis que j'aie jamais mangés de ma vie.

– Délicieux ! déclarai-je avec conviction.

Maman s'assit en face de moi avec un soupir de soulagement et but une gorgée de vin.

– Ça s'appelle comment, cette recette ? deman-

dai-je. Les spaghettis « pâte à colle », je parie ? Maman me regarda d'un air ahuri. Puis elle saisit la plaisanterie.
Je dois reconnaître une chose : quand maman rit, elle rit vraiment. Elle faillit s'étrangler avec son vin, puis se renversa en arrière en émettant une sorte de long hurlement qui se termina en une cascade de petits cris.
– Espèce de monstre ! s'écria-t-elle quand elle réussit enfin à reprendre son souffle. Allez, laisse ton assiette. On va commander des pizzas.
Oui, on s'était bien amusés ce soir-là, tous les deux, aussi je ne lui en voulus pas du tout quand elle m'annonça samedi matin qu'elle devait absolument passer à son bureau pour une affaire extrêmement urgente. Et je ne fus pas étonné non plus qu'elle m'appelle en fin de journée pour me dire qu'elle était vraiment désolée, mais qu'elle ne serait pas là pour le dîner.
Seulement, je n'ai pas apprécié du tout qu'avant de partir elle trouve le temps de téléphoner à son amie Miriam Milgrim pour qu'elle envoie son fils Geoffroy pour me tenir compagnie. Je m'en serais bien passé de celui-là ! Il veut toujours regarder les émissions les plus nulles à la télé et il n'arrête pas d'aller piquer des trucs dans le frigo comme s'il était chez lui. Geoffroy Milgrim est une calamité. Maman ne s'en rend pas

compte, évidemment, et ça lui donne bonne conscience de ne pas me laisser tout seul à la maison.
Par chance, ce samedi-là, Geoffroy dut partir de bonne heure à cause d'un rendez-vous chez le dentiste. À peine avait-il refermé la porte derrière lui que je courus dans ma chambre. Je glissai dans le magnétoscope la cassette de *La malédiction du vampire* et m'installai sur mon lit avec deux gros oreillers dans le dos et un plein sac de mashmallows à portée de la main. C'était génial ! Et je n'ai même pas fermé les yeux au moment où la fille ouvre le cercueil du vampire pour lui enfoncer un pieu dans le cœur !
Dimanche, maman m'emmena au restaurant, puis on flâna dans le parc en bavardant. J'étais bien content qu'elle ne me traîne pas à une exposition de peinture comme elle le fait souvent. Au lieu de ça, on rentra de bonne heure à la maison et je regardai le match de foot à la télé pendant que maman lisait les journaux. Et puis voilà, le week-end était fini.
Au moment de partir, maman m'embrassa très fort, car elle ne devait pas me revoir avant deux semaines.
– La prochaine fois, promit-elle, je te préparerai ton dîner préféré : poulet, pommes frites et crêpes au chocolat ! Et on ira au cinéma !

– Super ! m'écriai-je, sûr que rien de tout ça n'arriverait sans doute.
Mais il faut être indulgent avec une mère comme la mienne : on ne peut sûrement pas être à la fois bonne cuisinière et femme d'affaires !
Elle me tendit un billet de dix dollars :
– Tiens, pour ton taxi.
– Merci, M'man.
C'est comme ça chaque fois. Maman me donne de l'argent pour que je prenne un taxi. Et moi, j'empoche les dix dollars et je rentre en métro.
Je marchai vers la station de Lexington Avenue. Mais, quand j'allais m'engager dans les escaliers, j'aperçus Geoffroy qui descendait juste devant moi. Je l'avais assez vu, celui-là, pas question de le retrouver encore sur le quai du métro !
Il ne faisait pas froid et mon sac était léger, je continuai donc à pied jusqu'à Grand Central Terminal. C'est une des plus anciennes stations de métro de New York, construite il y a presque cent ans. Elle est gigantesque : le plafond du hall est si haut que, lorsqu'on marche en levant la tête, ça vous donne le vertige.
C'est à cause de ça que je me suis perdu. Je traversais le hall en regardant les pigeons qui s'ébattaient à grand bruit d'ailes sous l'immense coupole. Je croyais me diriger vers la ligne numéro six. Et j'aboutis sur un quai désert.

Ne voyant personne à qui m'adresser pour demander mon chemin, je continuais d'avancer, persuadé que je trouverais bientôt un panneau d'indication.
En effet, au bout d'un long couloir tortueux, je lus sur le mur, en lettres incrustées sur un fond de mosaïque : MÉTRO. La mosaïque venait d'être restaurée. Il y avait encore un échafaudage qu'il me fallut contourner.
Je suivis donc le couloir. Il était particulièrement sombre et décrépi. C'est souvent le cas dans le métro de New York, mais, tout de même, je ne pouvais m'empêcher de revoir dans ma tête certaines images de *La malédiction du vampire,* celles où la fille se retrouve enfermée dans le caveau du château ! À ce moment-là, froissant nerveusement au fond de ma poche mon billet de dix dollars, je regrettais sincèrement de ne pas avoir pris un taxi !
Finalement, je vis venir un homme en bleu de travail, coiffé d'une casquette. Je me dis avec soulagement que c'était sûrement un ouvrier chargé de l'entretien du métro. J'allais pouvoir demander mon chemin !
– S'il vous plaît, je me suis perdu.
Je ne distinguais pas vraiment son visage dans ce couloir mal éclairé.
L'homme s'arrêta sans répondre. J'ajoutai :

– Je cherche la ligne numéro six.
– Je vais te montrer, dit l'homme.
Il retourna sur ses pas et je le suivis. Je sentis alors une étrange odeur, une odeur de fruits pourris, qui me rappelait quelque chose...
– Viens, reprit l'homme.
« Viens. » J'avais déjà entendu ce mot, prononcé avec la même voix irréelle.
Encore mon imagination ! Je me secouai et continuai de suivre mon guide.
Soudain, au détour du couloir, l'homme fut pris dans un cône de lumière qui traversait une ouverture du plafond. Il eut un brusque sursaut, se débattit comme pour s'échapper. Mais il semblait cloué au sol. Et ses mains qui s'agitaient dans le rayon lumineux devenaient peu à peu un affreux assemblage d'os blanchis, des mains de squelette !
Lentement, il se tourna vers moi, et c'était maintenant un crâne aux orbites vides qui me regardait. Et moi, je restais là, immobile, paralysé de stupeur et d'effroi.
Puis deux longues mains osseuses se tendirent vers moi et je me mis à crier.

3

Alors quelqu'un surgit derrière mon dos, saisit le faux ouvrier par les épaules et le repoussa violemment dans l'ombre.
L'affreuse créature tomba sur le sol avec un choc sourd et, la tête dans ses mains – des mains de nouveau recouvertes de peau –, il émit une sorte de sanglot, de petits cris entrecoupés où l'on devinait du désespoir et de la frustration.
Si mes jambes avaient pu me porter, je me serais enfui en hurlant. Mais j'avais à peu près autant d'énergie qu'une poupée de chiffon.
L'homme à qui je devais mon salut était grand, élégant. Son visage, dans l'ombre, avait la pâleur de la lune en hiver. Il était vêtu d'une grande cape et tenait une canne au pommeau d'argent. Il ne lui manquait plus qu'un lapin sortant de son chapeau pour ressembler à un authentique magicien.

– N'ayez pas peur, dit-il doucement.
Puis, joignant les talons avec un bruit sec, il s'inclina cérémonieusement :
– Valentin Cutter, pour vous servir, jeune homme.
Je réussis à bégayer :
– Qu'est-ce qui s'est passé ? Ce... ce type... je veux dire, est-ce que j'ai vraiment vu... ?
– Et que pensez-vous donc avoir vu, jeune homme ?
– Un crâne ! Un... un squelette ! Je sais que ça a l'air idiot, mais...
Brusquement je me souvins que j'avais déjà vu Valentin Cutter :
– Attendez une seconde ! C'est vous qui m'avez lancé un rat mort quand j'attendais sur le quai vendredi soir !
Je le dévisageai avec attention, et mon cœur se remit à battre à une vitesse normale, tandis que je devinais peu à peu toute l'affaire.
– Alors vous tournez un film, c'est ça ?
– Un film, répéta Valentin Cutter à voix basse.
– Et vous jouez le rôle d'un magicien !
Tout était clair maintenant. Je repris :
– Je voudrais rentrer à la maison, mais je me suis égaré dans ces couloirs. Savez-vous où se trouve la ligne six ?
J'avais presque oublié l'homme étendu par terre, quand celui-ci se mit à parler :

– Ne le laisse pas s'échapper ! râla-t-il. J'ai promis à Sim ! Il m'a payé trois rats !
– Ça suffit, Dave ! lui lança sèchement l'homme habillé en magicien.
Il me fit un large sourire et déclara :
– Dave va s'excuser de vous avoir effrayé. N'est-ce pas, Dave ?
L'homme se releva lentement sans répondre. Puis il me regarda. Son visage était normal, un peu pâle peut-être, mais normal. Il avait sans doute utilisé des gants et un masque qui faisaient partie de son costume pour me faire peur.
– Excusez-moi, murmura-t-il.
– C'est parfait ! s'écria Valentin Cutter. Maintenant, jeune homme, voulez-vous me suivre ? Je vais vous conduire à votre quai.
Je trouvais ce monsieur bien cérémonieux, mais sa courtoisie me rassurait.
Nous nous mîmes en route. Dave marchait derrière nous en claudiquant d'une drôle de façon. Ses pas résonnaient étrangement sous les voûtes désertes : tap, frr, tap, frr..., comme dans un film d'épouvante. Je le soupçonnais de jouer encore un peu à me faire peur.
J'avais hâte de raconter tout ça à Gaby et à J. T. ! Je m'apprêtais même à enjoliver l'histoire à ma façon : je ne parlerais pas tout de suite de comédiens déguisés en squelette ou en magicien. Je

leur ferais croire que j'avais été poursuivi par deux dangereux maniaques dans un couloir désert. Je voyais déjà les grands yeux bleus de Gaby s'agrandir encore plus quand je décrirais leurs visages blancs comme ceux des morts et le crâne aux yeux creux de Dave le Boiteux !

On continuait de suivre le couloir et j'avais envie de questionner Valentin Cutter sur le film dans lequel il tournait. Mais je n'osais pas. Pour être tout à fait franc, je craignais un peu une réponse différente de celle que j'attendais...

Enfin, nous débouchâmes sur un quai. Une rame attendait, portes ouvertes.

– Dépêche-toi de monter ! me cria Valentin Cutter.

– Merci ! lui lançai-je en sautant dans le wagon, incroyablement soulagé à l'idée de me retrouver enfin au milieu de voyageurs ordinaires.

Je me laissai tomber sur un siège tandis que les portes se refermaient et que le métro s'ébranlait. En jetant un regard autour de moi, je trouvai aux autres passagers une allure un peu bizarre. Je ne les distinguais pas nettement, car le wagon était très mal éclairé. Quelques ampoules, entourées d'une sorte de grillage, clignotaient faiblement au plafond. Je n'avais encore jamais vu ce type d'éclairage dans un métro, ni ces étranges sièges capitonnés.

Je dévisageai plus attentivement les voyageurs. La jeune femme assise en face de moi portait des bottillons boutonnés sur le côté et une longue jupe qui lui arrivait à la cheville. Dans le quartier où j'habite avec papa, j'avais déjà vu des filles habillées comme ça, façon rétro. Mais elle était également coiffée d'un petit chapeau de velours tenu par des rubans noués sous le menton qui la faisait ressembler à une pionnière de la conquête de l'Ouest.
Près d'elle, un homme semblait sorti d'un film des années quarante. Un hippie à cheveux longs, sandales de cuir et veste à franges, était avachi sur la banquette d'à côté. En face de lui, un gros moustachu coiffé d'un canotier était plongé dans la lecture d'un quotidien. Je regardais le titre : *New York Herald*. Je n'avais jamais entendu parler de ce journal. Je plissai les yeux pour lire la date : 30 octobre 1929 !
Mon cœur s'était remis à battre un peu trop vite. Je cherchais une explication : sans doute étaient-ils, eux aussi, des comédiens en tenue de tournage, avec leurs accessoires, revenant de leur journée de travail. Mais, en ce cas, pourquoi portaient-ils des vêtements d'époques différentes ? Et pourquoi Valentin Cutter et ce drôle de Dave n'étaient-ils pas montés en même temps que moi ?

La rame roulait dans un tunnel qui paraissait sans fin. N'allions-nous pas nous arrêter à une station ? Je me tournai vers le passager qui venait de s'asseoir près de moi pour lui demander si nous étions bien sur la ligne six en direction du nord et je sursautai : c'était Valentin Cutter !
J'aurais pourtant juré qu'il était resté sur le quai ! Personne n'était monté derrière moi, j'en étais sûr ! Mais enfin, il ne pouvait pas être à la fois sur le quai et dans le wagon !
Il engagea la conversation :
– On se retrouve, dit-il.
– Euh, oui... Ce train va bien en direction du nord ?
– Je le pense.
– Ouf ! Savez-vous s'il s'arrête à Canal Street ?
– Il ne s'y arrête plus, dit Valentin Cutter avec un sourire qui découvrit ses dents.
Il avait deux canines particulièrement longues et pointues.
L'homme au canotier leva les yeux de son journal :
– Qu'est-ce qu'il a dit ?
– Il a demandé si l'on s'arrêtait à Canal Street, répéta Valentin Cutter.
Sa réponse fit rire tous les passagers, comme si c'était la meilleure blague qu'ils aient entendue depuis longtemps.

– Une minute ! m'écriai-je. Ne me dites pas qu'on est dans un direct pour Queen !
Là, ils s'esclaffèrent carrément. Leurs yeux brillaient dans leurs visages presque blancs, leurs dents luisaient sous les lèvres retroussées. Alors j'aperçus Dave, à demi caché derrière un grand type en uniforme de la Première Guerre mondiale. C'était lui qui riait le plus fort.
– Mais qu'est-ce qu'il se passe ici ? demandai-je, et je dois admettre que ma voix manquait quelque peu de fermeté. Vous travaillez tous sur un film, c'est ça ? Ou bien vous tournez une pub pour la télé ?
– La télé ? interrogea Valentin Cutter.
– Il parle de la télévision, expliqua le hippie. Je vous ai déjà expliqué.
– Ah oui, l'espèce de boîte dans laquelle on voit des images qui bougent, je me souviens, acquiesça Valentin Cutter en secouant la tête.
– Ha, ha ! m'écriai-je. Vous êtes tous de fameux comédiens ! J'ai failli me faire avoir encore une fois ! Vous savez, la première fois que j'ai vu passer cette rame, j'ai cru voir un train fantôme qui transportait des morts ! C'est bête, hein ?
Valentin Cutter se pencha vers moi avec un sourire :
– Pas des morts, chuchota-t-il, non, pas des morts !

– Je suis drôlement content de vous l'entendre dire ! m'exclamai-je.
– Des morts vivants, précisa Valentin.
Je crus avoir mal entendu. Je me tournai vers lui :
– Quoi ?
– Des morts vivants.
Il fit un vaste geste du bras pour désigner l'ensemble des voyageurs et déclama comme au théâtre :
– Nous ne sommes pas des vivants, nous ne sommes pas des morts. Mais nous tirons notre subsistance du sang des vivants !
J'avais beau savoir qu'il profitait de la situation pour s'amuser à me faire peur, je dois avouer qu'il y réussissait fort bien !
– Quoi donc, Fred ? reprit-il. Tu n'as pas l'air de me croire. Tu n'as jamais entendu parler de Nosferatu ?
– Nos-fera-quoi ? demandai-je, essayant de plaisanter pour dissimuler ma peur.
Et brusquement, un frisson me saisit : comment savait-il mon nom ?
– Nosferatu, répéta Valentin. Nosferatu le Prince de la Nuit. Nous sommes des vampires, Fred, et nous avons le plaisir de t'accueillir à bord de notre train !

4

L'expression de stupeur qui se peignit sur mon visage devait être du plus haut comique, car Valentin Cutter éclata de rire. Il se pencha vers moi et je vis briller ses longues canines pointues. Je me levai avec un cri étranglé. Le bas de mon pantalon s'accrocha à un clou qui dépassait de la banquette et se déchira. Il fallait que je m'écarte de ce type !

Je me jetai contre la porte, le visage collé à la vitre pour tenter d'apercevoir quelque chose dans les ténèbres du tunnel.

Je sentis alors un frôlement. La jeune femme au drôle de petit chapeau était penchée, fascinée par la déchirure de mon pantalon. Je remarquai alors sur ma jambe une estafilade qui saignait. La femme prit un peu de sang sur son doigt, le porta à sa bouche et le lécha, les yeux fermés, comme si elle avait goûté de la crème au chocolat. Je reculai avec un sursaut d'horreur et me cognai la tête si violemment que j'en restai tout étourdi. Soudain, Valentin Cutter se leva rejetant brusquement sa cape en arrière, et la doublure de satin rouge fit courir sur son visage pâle un reflet couleur de sang.

– Il est à moi ! cria-t-il menaçant la femme de son poing.

Elle se jeta en arrière en sifflant de colère.

Je ne sais comment j'arrivai à rester debout. Je promenai autour de moi un regard effrayé. Tous, ils avaient les yeux fixés sur moi, des yeux fous d'affamés.

Je vis l'homme au canotier passer sa langue sur ses lèvres.

– N'aie pas peur, mon ami, murmura Valentin Cutter en me tenant par les épaules.

Il me fit asseoir sur une banquette libre au fond du wagon.

– N'aie pas peur, répéta-t-il doucement. Tu es sous ma protection.

– Votre... quoi... ?

Mes mains tremblaient, mes jambes tremblaient. Et ma voix aussi tremblait quand je réussis enfin à articuler :

– Pourquoi est-ce qu'ils vous obéiraient ? Qui êtes-vous ?

– Ils m'obéiront parce que je suis le Premier, dit

Valentin. Sans moi, aucun d'eux ne connaîtrait les plaisirs de la Zone d'ombre !
– La quoi ?
– La Zone d'ombre, répéta Valentin avec solennité. Quelque part entre ce qui est et ce qui n'est pas, entre ce qui est connu et ce qui est rêvé ! Et tu as eu le privilège d'y entrer, Fred !
Le privilège ? J'en doutais fortement !
– Et comment avez-vous appris mon nom ?
Il haussa les épaules :
– Dans la Zone d'ombre, on sait bien des choses sans les avoir apprises.
– Voilà qui me serait bien utile en cours de math, tentai-je de plaisanter.
Valentin posa sa main sur mon bras et je frissonnai : son contact était glacial.
– Je t'aime bien, Fred.
– J'aimerais pouvoir en dire autant de vous, grommelai-je.
Cette fois, il éclata de rire. Un vampire peut-il avoir le sens de l'humour ?
– Mais pourquoi êtes-vous le Premier ? demandai-je.
– Je vais te le dire, répondit-il en retirant sa main, ce qui me causa le plus vif soulagement.
J'avais l'impression que mon bras s'était transformé en glaçon !
Valentin s'appuya sur sa canne, l'air grave :

– Je suis entré dans le monde des morts vivants en 1905.
– En 1905 ? Mais ça fait presque cent ans !
Valentin approuva de la tête, comme si c'était tout à fait normal.
– J'étais un puissant homme d'affaires et j'habitais une maison de cinquante pièces sur la Cinquième Avenue. Je possédais deux magnifiques attelages et je passais mes étés dans les stations les plus chics de la côte.
– Vous étiez un milliardaire, quoi !
– C'est cela. J'avais fait fortune dans les chemins de fer. Quand on commença à parler de creuser un métro à New York, je fus aussi l'un des premiers à soutenir le projet. Je fus l'un des premiers actionnaires, l'un des premiers constructeurs et, bien sûr, l'un des premiers utilisateurs ! Je mettais un point d'honneur à utiliser le métro pour tous mes déplacements, même pour me rendre à l'Opéra !
Puis, désignant sa canne et son chapeau haut de forme, il ajouta :
– Je n'oublierai jamais cette nuit-là, au sortir d'une représentation à l'Opéra, justement...
Ses paroles avaient pris un rythme différent, semblable à celui des roues qui nous emportaient. Et je me laissai couler peu à peu dans un état second, entre veille et sommeil, comme

lorsque M. Potacher, notre professeur d'histoire-géo, essaie de nous expliquer à tout prix le système des balances monétaires.

– Oui, murmurait Valentin, ce fut la grande nuit de ma vie ! Ici, dans ces souterrains qui courent sous la ville, je rencontrai mon destin : Barnabus me reçut dans le monde des morts vivants.

– Barnabus ? C'était un... un vampire ?

– Il avait plus de mille ans, continua Valentin. Il savait tout. Il avait parcouru le monde pendant des siècles.

– Est-ce que... est-ce qu'il est... ici ? demandai-je, en jetant un regard circonspect autour de moi.

Valentin baissa la tête :

– Il... n'est plus. Cette vie sous terre finit par le lasser. Il fit la même chose que Dave, tout à l'heure. Mais lui, il le fit exprès. Et je n'ai pas été assez rapide pour le sauver. Quelques minutes en pleine lumière et... tu as vu ce qui a failli arriver à Dave ?

– Oui, j'ai vu.

« Et j'aurais mieux aimé ne pas voir », pensai-je en moi-même !

– Dave a eu de la chance, reprit Valentin. Il n'a pas été exposé assez longtemps aux rayons lumineux. Mais d'autres le font exprès, quand ils sont pris d'une violente envie de... de s'en aller.

Il haussa les épaules :
– C'est sans doute mieux comme ça. Sinon, nous serions trop nombreux.
– C'est une façon de voir les choses.
– Ils sont fous ! s'écria Valentin. Pourquoi vouloir perdre à tout jamais l'immense pouvoir des morts vivants ? Le sang est notre nourriture, et l'immortalité notre récompense !
Il plongea brusquement ses yeux dans les miens et je me sentis tomber. Je ne bougeais pas, mais je me sentais tomber au fond des ténèbres qui habitaient le regard de Valentin.
Je ne sais ce qui me serait arrivé si une souris surgie de je ne sais où n'avait couru sur ma chaussure à cet instant. Elle poussa un cri aigu et je sursautai, comme si je m'éveillais brusquement d'un cauchemar.
– Eh, m'exclamai-je, vous croyez que vous allez me faire avaler ces histoires ? Vous n'êtes pas un vampire, vous êtes un magicien ! Un hypnotiseur, c'est ça ? Mais ça ne prend pas ! Je ne crois pas un mot de ce que vous venez de me raconter et...
C'est alors que la souris poussa un autre cri, un cri de terreur, cette fois. Et je vis que l'homme au canotier la tenait par la queue. Il l'éleva jusqu'à sa bouche et en croqua la moitié, comme s'il avait mordu dans un hamburger.

Je me cachai le visage dans les mains, attendant que passe la nausée qui me tordait l'estomac.

« Ce sont des vampires, pensai-je, tandis qu'une onde de terreur me submergeait. Ce sont vraiment des vampires ! »

– N'aie pas peur, Fred, ma rassura Valentin. Rappelle-toi, tu es sous ma protection ! Laisse-moi te poser une question : pourquoi ne crois-tu que ce que tu peux comprendre et vérifier ? Le monde n'est-il pas assez vaste pour contenir bien des mystères ? Ne t'es-tu jamais inquiété des choses qui peuvent surgir de la nuit ?

– Bien sûr que si ! Quand j'avais quatre ans, je croyais qu'il y avait un monstre caché dans mon placard. Mais je n'ai plus quatre ans !

Je regardai par la vitre. Pourquoi ne traversions-nous aucune station ? Où allions-nous ? Comment réussirais-je à descendre de ce train ?

– Nous roulons sur de très anciennes voies, m'expliqua Valentin, comme s'il avait lu dans mes pensées. Elles sont désaffectées et on ne les entretient plus. Jusqu'à présent, nous pouvions circuler à notre convenance. Mais, depuis quelque temps, nous croisons à un seul endroit une ligne en activité, là où tu nous as vus la première fois. Comme c'est une voie rapide, nous ne pouvons pas nous arrêter. Nous sommes les éternels voyageurs de la nuit, sous le cœur de la cité.

– Mais comment faites-vous ...
Je m'interrompis brusquement. Je m'apprêtais à demander : « Comment faites-vous pour trouver du sang frais ? », mais je ne pouvais tout de même pas poser cette question !
– Comment nous faisons entrer d'autres personnes dans notre monde ? reprit Valentin.
Il haussa les épaules :
– Il y a des voyageurs qui se perdent. Ce long couloir abandonné, à Grand Central, se révèle être très efficace. De temps en temps, un ouvrier travaillant sur les voies s'égare dans les tunnels. Et puis, bien sûr, il y a les rats. Certains d'entre nous ne les apprécient guère, mais, personnellement, je les trouve délicieux. Le sang humain, si chaud et vivant, c'est trop riche pour moi.
Je le regardais, fasciné. Il s'exprimait avec tellement de naturel, comme s'il comparait les mérites du gigot de mouton et du poulet rôti !
– En un sens, ajouta-t-il avec un sourire, je suis végétarien !
J'aurais préféré qu'il ne sourie pas. Quand la pointe luisante de ses canines restait cachée, j'arrivais presque à oublier que je bavardais avec un vampire... Les autres s'étaient rassemblés à l'autre bout du wagon. Ils discutaient à voix basse en me jetant des regards qui ne me disaient rien qui vaille.

– Qu’est-ce qu’ils ont ? demandai-je à Valentin.
– Ils ont faim.
Puis il soupira :
– Tu sais, Fred, au bout de quelques dizaines d’années, je suis parfois las de leur compagnie. Ils ressassent indéfiniment les mêmes histoires. Tiens, regarde Ronnie, par exemple, celui qui ressemble à Buffalo Bill !
Je compris qu’il parlait du hippie à la veste frangée.
Valentin leva les yeux d’un air exaspéré :
– Il n’a à la bouche que les mots paix, amour et Rolling Stones ! Et Mary, celle qui porte le petit chapeau de velours, elle a visité les chutes du Niagara en 1903 et elle en parle encore ! Quant à Sim, le gros au canotier, lui, son unique sujet de conversation, c’est le krach de la Bourse en 1929. Et s’il avait vendu ses actions, et bla-bla-bla ! Quelquefois, j’ai envie de hurler d’ennui ! Barnabus me manque. Lui, c’était un être passionnant. Si tu savais tous les grands hommes qu’il avait rencontrés !
Je fronçai les sourcils et murmurai :
– Je crois que je vous comprends. Mais, Valentin, j’ai du mal à compatir aux problèmes d’un... d’un vampire !
Il posa sa main sur mon bras, et un froid de glace m’envahit à nouveau.

– J'ai besoin de savoir où conduit ce tunnel. Et surtout j'ai besoin de savoir si c'est le jour ou la nuit. Il n'y a plus d'horloges dans ces anciennes stations. Il nous est arrivé d'envoyer l'un ou l'autre d'entre nous en exploration pour chercher des ouvertures. Mais ceux qui sont revenus étaient défigurés ou aveugles.

Valentin se pencha vers moi, si près que je me sentis comme aspiré au fond de son regard, enveloppé dans la tiédeur d'une douce obscurité.

– Fred, reprit-il, est-ce la nuit, maintenant, le sais-tu ?

J'étais hypnotisé. Et pourtant, une voix dans ma tête criait : NON !

Si je disais à Valentin que, dans une heure à peine, il ferait nuit, qu'ils pourraient quitter sans crainte leur wagon fantôme, alors les vampires se répandraient dans Grand Central et, de là, dans tout le réseau du métro ! Je ne voulais pas être celui qui laisserait les morts vivants envahir New York !

– Dis-moi, Fred, dis-moi !

Je sombrais, il m'entraînait plus loin, plus bas. Et j'étais bien, si bien...

– NON ! criai-je en me levant d'un bond. NON !

– Donne-le-nous ! hurla la voix stridente de Mary.

– Il est à nous, Valentin ! aboya Sim.

Ils s'avançaient, m'enfermant dans un demi-cercle menaçant. Ils étaient prêts à se jeter sur moi. Et cette fois, Valentin lui-même, je le savais, n'aurait pas le pouvoir de me sauver.

5

Le wagon pencha violemment dans un tournant. En levant la main pour me retenir, je sentis une poignée : le signal d'alarme !
En regardant par la vitre, je vis alors qu'on longeait un quai sombre et désert. Le nom de la station n'était même pas indiqué. Je tirai de toutes mes forces ! Après quelques soubresauts, le train grinça et stoppa brusquement.
Me tenant encore à la poignée, je ne tombai pas, mais les vampires furent projetés à terre comme un jeu de quilles.
Aussitôt, je soulevai le loquet de la porte. Le conducteur-vampire, comprenant soudain la situation, se jeta sur ses manettes pour faire redémarrer le train. À l'instant où celui-ci se remettait en branle, je sautai sur le quai et la porte se referma derrière moi comme les mâchoires d'un piège. Trop tard, la proie s'était échappée !

Je me retournai. Le conducteur me fixait d'un air perplexe. Alors je vis Valentin lui donner d'un grand geste autoritaire l'ordre de rouler et le wagon fantôme continua sans moi sa course nocturne.
Juste avant qu'il disparaisse, avalé par l'obscurité du tunnel, j'eus le temps de voir Valentin me faire un signe de la main, derrière la vitre. Il riait ! Il riait comme papa quand je lui raconte une bonne blague !
Je restai là un instant, incapable de bouger, tremblant comme une feuille au vent. J'étais seul sur un quai sans lumière, sans le moindre écriteau indiquant une direction.
Je n'avais jamais vu de station semblable, très haute, voûtée. Mes yeux s'habituant à l'obscurité, je distinguai peu à peu les élégants motifs qui ornaient les poutres métalliques. Puis j'aperçus quelque chose sur le mur, quelque chose qui ressemblait à des mots écrits en lettres de mosaïque. Je m'approchais et réussis à déchiffrer : CITY HALL.
Je n'étais pas loin de chez moi ! Mais la station City Hall que je connaissais ne ressemblait en rien à celle-ci, qui était certainement désaffectée depuis des années.
Je n'avais plus qu'à espérer trouver une sortie ! Il me fallut près d'un quart d'heure de marche à

tâtons le long de corridors obscurs, tressaillant à chaque bruit suspect – je ne partage pas le goût de Valentin pour les rats ! – avant de rencontrer un escalier qui me mena vers un passage étroit, à demi bouché par des planches. Je perdis deux boutons de ma veste dans l'aventure, mais je me retrouvais enfin dehors !

Je respirai l'air frais à pleins poumons. Le ciel rougeoyait à l'horizon, là où le soleil venait de disparaître. J'étais en retard pour le dîner !

Je trouvai sans peine la direction de Broadway et courus d'une traite jusqu'à la maison.

En entrant, je sentis une délicieuse odeur. Papa était en train de préparer une de ses recettes chinoises, avec des petits légumes sautés et de la sauce de soja ! Quand il entendit la porte s'ouvrir, il me lança : « Bonsoir ! » sans se retourner, tout occupé à remuer quelque chose dans la poêle. Je le voyais très bien depuis l'entrée, car, chez nous, la cuisine n'est pas un endroit fermé. Nous habitons un loft, c'est une sorte de très grande pièce, avec un plafond très haut. Autrefois, c'était une fabrique de vêtements. Quand papa et maman avaient emménagé, ils avaient gardé l'espace tel quel. Ils avaient seulement ajouté deux chambres et une salle de bains en bâtissant eux-mêmes les cloisons.

– Salut, Fred. Tu arrives tard, aujourd'hui ! As-tu passé un bon...
Il se retourna et resta bouche bée, sa spatule à la main :
– Bon sang, qu'est-ce qu'il t'est arrivé ?
Je me tournai vers le grand miroir appuyé au mur et compris sa réaction. J'étais échevelé, couvert de poussière et les traînées noirâtres qui rayaient mes joues soulignaient la pâleur inhabituelle de mon visage. Mes boutons arrachés et mon bas de pantalon déchiré complétaient le tableau.
– Ça va, Papa. J'ai eu quelques problèmes dans le métro.
Je savais que je ne pouvais pas lui raconter tout ce qu'il m'était arrivé !
Il baissa soigneusement la flamme sous la poêle avant de demander :
– Que s'est-il passé ?
Il est comme ça, papa, il ne s'affole jamais. C'est une des choses que j'apprécie le plus chez lui.
– Il y avait un drôle de type dans le métro, commençai-je. Il prétendait être un vampire. Et c'est vrai qu'il avait des dents particulièrement longues et pointues ! Et il disait que tous les passagers étaient des vampires, comme lui ! Et le métro ne s'arrêtait pas ! Il fonçait dans les tunnels, il fonçait !
– Tu étais monté dans un express ?

– Oui, c'est ça ! m'écriai-je. C'était un express fantôme !
Papa fronça les sourcils :
– Fred ! Est-ce que tu n'aurais pas loué encore un de ces films de vampires que ta mère et moi nous t'avons cent fois interdit de regarder ?
Je jetai un coup d'œil coupable vers mon sac à dos. Mais je n'avais plus de sac !
– Mon sac ! criai-je. Je... je l'ai laissé dans le métro !
Cette fois, papa eut vraiment l'air contrarié :
– Fred, ce sac nous a coûté très cher ! Tu te souviens ? Tu voulais absolument ce modèle de randonnée, alors que tu n'as pas été en randonnée une seule fois depuis qu'on te l'a offert !
– J'ai eu tellement peur, Papa ! J'essaie de t'expliquer pourtant !
– Tu es encore tombé sur un cinglé, oui. Je t'ai pourtant dit un million de fois de toujours monter dans la voiture de tête ! Comme ça, s'il t'arrive quelque chose, tu peux demander de l'aide au conducteur !
J'aurais voulu pouvoir dire à papa que j'étais près du conducteur. Mais que ce conducteur-là se nourrissait de sang humain !
Au lieu de ça, je dis :
– Justement, ça aussi, c'était bizarre : ce train n'avait qu'un seul wagon !

Là, papa commença à se fâcher :
– Ne me raconte pas d'histoires. Il n'y a pas une seule rame de métro à New York qui soit composée d'un wagon !
À ce moment, le téléphone se mit à sonner. Papa décrocha :
– Allô ? Oh, Éliane, bonsoir !
C'était maman.
– Oui, continua papa, il vient juste de rentrer.... Non, non, il a eu quelques ennuis avec un type dans le métro et... quoi ?...
Il y eut une longue pause. Papa se mit à tambouriner nerveusement sur la tablette du téléphone. Puis il reprit :
– Bien sûr que non, je ne savais pas !... Comment veux-tu que je devine ! Alors, comme ça, depuis que tu habites les quartiers chics, les transports en communs ne sont plus assez bons pour toi !... Mais non, ce n'était pas une affaire de drogue ! C'était...
Je me débarrassai de mon blouson. Cette conversation était partie pour durer. Mes parents essaient de se parler le moins possible depuis quelque temps. Ils savent bien que, passé cinq minutes, la guerre recommence. Et, cette fois, ça n'avait pris que cinq secondes !
Je suis sûr que maman se sent coupable de ne pas m'avoir gardé avec elle. Alors elle est parfois

hyperprotectrice. Et de son côté, papa prend tout de suite ma défense si elle fait seulement mine de me critiquer. Qu'est-ce que j'y peux ? C'est la vie !

J'allai me laver les mains et la figure. Le contact de l'eau fraîche me calma un peu.

J'enlevai mon T-shirt et mon jean déchiré et enfilai des vêtements propres. J'entendais toujours la voix de papa au téléphone. Le ton montait. Je pensais : « Réussir à s'échapper d'un wagon plein de vampires, et ne pas se sentir mieux à la maison ! Bizarre ! »

Je me bâtis un mur d'oreillers sur mon lit, comme quand j'étais petit et que je disais que c'était mon château fort. Seulement, maintenant, je savais qu'il y avait dans le monde des choses autrement dangereuses que celles qui me menaçaient dans mes rêves de petit garçon !

Mais tout cela était-il vrai ? Non ! Je ne pouvais pas avoir rencontré des vrais vampires ! Ça n'existe pas, les vampires ! Valentin était un magicien. Et la souris était un accessoire de théâtre que le gros homme en canotier avait fait semblant de manger.

Quant à Dave, il avait enfilé un masque et des gants qu'il a ensuite retirés, une fois tombé à terre. Oui, tout ça n'était que du théâtre, des comédiens qui avaient bien profité de ma crédulité et s'étaient amusés à me faire peur. Et ils avaient réussi ! En tout cas, j'aurais au moins une bonne histoire à raconter lundi à Gaby et à J. T.

Papa passa la tête par la porte :

– Tu as faim ? C'est prêt dans une minute !

Il enfonça ses mains dans les poches de son pantalon. Il se sent toujours coupable après ses disputes avec maman.

– Écoute, Fred. Si ta mère te donne de l'argent pour le taxi, fais-moi le plaisir d'en prendre un, d'accord ? Elle n'aime pas te savoir seul dans le métro le soir et elle a sans doute raison.

– D'accord.

– Je ne lui ai pas dit que tu étais revenu en métro chaque fois, ça m'a paru plus sage. Tu as tellement besoin d'empocher ces dix dollars ?

Je haussai les épaules :

– Je n'ai jamais assez d'argent de poche.

À peine avais-je laissé échapper cette réponse que j'aurais voulu me giffler ! Le visage de papa s'assombrit brusquement. Je savais très bien qu'il ne pouvait pas me donner plus. Bien sûr, s'il demandait à maman, elle dirait oui tout de suite. Elle peut se le permettre, elle. J'étais vraiment un crétin d'avoir rappelé à papa que sa femme gagnait au moins cinq fois plus que lui ! Je savais combien ça l'ennuyait de savoir qu'elle habitait un superbe appartement et nous un vieil atelier en mauvais état dans un quartier pourri. Mais moi, je l'aimais, notre atelier, avec son désordre, ses vieux fauteuils défoncés tellement confortables, et cette immense pièce au sol cimenté où j'avais fait du skate quand j'étais petit !

– Je vais demander à ta mère de te donner quelque chose chaque mois, conclut papa.

– Ce n'est pas la peine. J'achèterai moins de bonbons et de sodas, ça sera meilleur pour mes dents !

Il approuva de la tête, mais je voyais bien qu'il n'écoutait pas vraiment.

– Tu t'es bien amusé, ce week-end ? demanda-t-il. Éliane m'a dit qu'elle avait été plutôt occupée. Elle a tout de même passé un peu de temps avec toi ?

Ça, c'était la question piège ! Je ne pouvais pas avouer que j'avais passé un samedi entier seul, mes parents avaient déjà assez de sujets de dispute comme ça !

Quand ils s'étaient séparés, j'avais désiré de toutes mes forces qu'ils se remettent ensemble. Maintenant, je ne souhaitais plus qu'une chose : les voir réussir à se parler comme des gens normaux.

– Ouais. On a fait plein de trucs, c'était super.

Notre dîner chinois fut très réussi. Ensuite papa proposa de faire une partie de Scrabble.
– Rien de tel pour chasser les vampires et les trains fantômes ! dit-il malicieusement.
Et nous fîmes une partie endiablée !
Mais, quand on vient de passer une heure entière en compagnie de vampires prêts à vous sucer le sang, même le Scrabble se révèle être incapable de dissiper les cauchemars !

6

Sur le chemin du collège, le lundi matin, j'étais au beau milieu de mon récit quand je vis Gaby et J. T. échanger un regard.

– Qu'est-ce qu'il y a, vous ne me croyez pas ? Ce type a vraiment mangé cette souris, je l'ai vu, je le jure !

– On te croit, fit Gaby en secouant son pied pour détacher une feuille collée à sa semelle.

– Ouais, ouais, ajouta J. T.

Et ils échangèrent un nouveau regard.

– Eh bien quoi ? dis-je, soudain irrité.

Gaby avait tressé ses cheveux en une natte épaisse qui lui tombait dans le dos, mais des petites mèches blondes s'en échappaient. Elle souffla pour les chasser de devant ses yeux :

– Écoute, Fred ! On sait très bien que tu nous racontes des histoires à propos de tes week-ends avec ta mère. Jusqu'à présent, on a fait semblant de te croire parce qu'on sait bien que le divorce, tout ça, ce n'est pas drôle pour toi. Mais trop, c'est trop, tu comprends ?

– Exactement ! approuva J. T.

Il me regarda avec une sorte d'anxiété :

– D'accord, Fred ?

– Écoutez, les copains. C'est vrai que j'ai parfois exagéré en vous racontant mes week-ends. Mais là, c'est différent.

Gaby soupira et les petites mèches blondes voletèrent autour de son visage.

– Fred, je crois que tu as si souvent joué avec la vérité que tu ne sais plus très bien toi-même où sont les limites de ce que tu peux nous faire avaler !

– Mais je vous jure ! insistai-je. Je suis vraiment monté dans ce wagon de vampires et...

Gaby me coupa la parole :

– J'aimerais mieux que tu me dises si tu as trouvé des documents pour notre exposé d'histoire ! Tu te souviens que c'est pour la semaine prochaine ?

Gaby et moi, on devait préparer un exposé pour le cours de M. Potacher. Gaby est dyslexique, c'est difficile pour elle de lire et d'écrire, car elle confond certaines lettres. Mais ça ne l'empêche pas d'être superintelligente. Aussi on avait décidé de travailler ensemble : moi, je chercherais les textes et elle ferait les photos. C'est une passionnée de photo, elle a même un petit labo chez elle, avec une chambre noire. Je me rappelai brusquement que j'avais promis d'essayer de trouver des informations dans la bibliothèque de maman ce week-end parce qu'elle a plein de livres sur le vieux New York.

Gaby tapa du pied avec colère :

– Tu ne l'as pas fait, c'est ça ? C'est incroyable ! Tu n'es vraiment qu'un...

Une idée géniale me vint alors à l'esprit.

Je l'interrompis :

– Tu sais quoi ? On va faire notre exposé sur l'ancien métro de New York ! On n'aura qu'à descendre dans la vieille station de City Hall, celle que j'ai découverte, et prendre des photos. Ça sera du jamais vu !

– Dis donc, c'est une chouette idée ! commenta J. T.

Gaby approuva de la tête :

– Oui, ça me plaît. On va y aller ce soir, après les cours, pour faire des repérages.

– Et on fera peut-être connaissance avec tes copains vampires ! rigola J. T.

Soudain, j'aurais préféré avoir fermé ma grande bouche. Que se passerait-il si le train fantôme passait ? Évidemment, Gaby et J. T. seraient bien obligés de me croire. Mais, s'il passait pendant que nous serions sur le quai, est-ce qu'il ne s'arrêterait pas pour... ?

Après les cours, nous fîmes un tour chez Gaby pour qu'elle puisse prendre son appareil. Puis nous marchâmes vers la station. Je montrais à Gaby et à J. T. comment j'avais dû repousser les planches qui fermaient le passage. Nous faufilant l'un après l'autre par l'étroite ouverture, nous descendîmes prudemment l'escalier obscur.

– Ouah ! s'exclama Gaby en arrivant sur le quai, c'est vraiment une ancienne station !

– Super ! fit J. T. Mais on aurait dû prendre une torche électrique !

Gaby arma son appareil.

– C'est plus que super ! dit-elle en faisant une première photo. C'est incroyable ! Je prends le métro tous les jours et je n'ai aucune idée de l'époque où il a été construit ! Je suis sûre que ça va plaire à M. Potacher !

– Vous avez de la chance, soupira J. T. Moi, je fais mon exposé avec Annie Sherlock. Sur le ramassage des ordures à New York !

Gaby pouffa. Tout le monde savait que le père d'Annie travaillait aux services de nettoiement ! Puis elle se tourna vers moi :

– Qu'est-ce qui ne va pas, Fred ? Tu fais une drôle de tête !

– Tout va bien, essayai-je de la rassurer.

– Tu n'arrêtes pas de scruter le fond de ce tunnel, reprit J. T. Tu attends quelqu'un ?
– Un vampire, peut-être ? se moqua Gaby.
Cette fois, la colère m'envahit :
– Je ne vous ai pas raconté d'histoires ! Je vous ai dit la vérité ! Je pensais que de vrais amis pouvaient me croire !
– On croit que tu as rencontré un type bizarre, ça oui, dit Gaby. Mais un vampire !
Et elle fit un autre cliché.
– Attendez, vous verrez, grommelai-je.
Gaby leva les yeux au plafond, exaspérée.
– Oui, oui, continuais-je, attendez ! Le métro fantôme va forcément passer, il tourne indéfiniment sur le même circuit !
Gaby prit encore quelques photos.
– Bon, je crois que j'en ai fait suffisamment. Il faudra qu'on cherche d'autres documents, qu'on sache quelle est la plus ancienne station, par exemple.
Elle rangea son appareil :
– Il faut que j'y aille, dit-elle. Je vais à la bibliothèque, voir ce qu'ils ont sur le sujet.
– Je rentre aussi, dit J. T. Annie doit m'appeler pour qu'on parle des ordures !
Je n'avais plus peur, maintenant. J'étais seulement furieux. Ils ne me croyaient pas ! Je croisai les bras :

– Eh bien, moi, je reste là. Et je vais vous prouver qu'un train fantôme circule vraiment sur ces voies !

Gaby me fourra dans les mains son appareil :

– Si tu le vois, prends-le en photo. Moi, je n'ai pas le temps maintenant.

– Et tu sais comment est Annie si on ne fait pas ce qu'elle veut, ricana J. T. Allez, salut, vieux !

Ils se dirigèrent vers le couloir et disparurent dans le noir.

Je me sentais beaucoup moins sûr de moi, maintenant que j'étais seul. Je serrais de toutes mes forces l'appareil-photo entre mes mains. Ça valait tout de même le coup d'essayer ! Si je réussissais un cliché du train des vampires, mes copains seraient bien obligés de me croire.

Je trouvai une vieille caisse et m'assis dessus, tenant l'appareil prêt.

Gaby avait raison de m'accuser d'avoir souvent trafiqué la vérité. Mais, cette fois, c'était pas des histoires, et je le prouverais.

Un craquement venu du couloir me fis sauter au plafond. Je scrutai l'obscurité, craignant de voir surgir des rats. Puis j'entendis un son étouffé, comme un bruit de pas traînants.

Mon cœur se mit à battre à toute vitesse. Je bondis sur mes pieds, prêt à partir en courant. Mais la seule issue étant justement le couloir, je n'avais guère d'espoir de m'échapper par là ! Une silhouette sortit de l'ombre, je distinguai un visage.

Alors je poussai un soupir de soulagement. Ce n'était qu'Henri !

Henri est ce qu'on appelle un « sans-domicile-fixe ». Il survit comme il peut dans le quartier. Je crois bien l'avoir toujours connu. On le rencontre souvent près de la boutique chinoise, car M. Wang, le propriétaire, lui donne un peu de nourriture en échange de quelques coups de balais dans sa cour.

– Salut, mon pote, dit Henri. Tu m'as fichu la trouille !

– Vous m'avez fait peur aussi ! Que faites-vous ici, Henri ?

– Je viens m'abriter là, quelquefois, quand il pleut.

Il me fixa un instant, puis demanda :

– Tu n'aurais pas un peu de monnaie ? J'ai comme une petite faim.

Je sortis quelques pièces et les lui donnai.

– Merci, ça suffira pour un hot-dog. Et demain, M. Wang aura sûrement un petit quelque chose pour moi !

Henri fit aussitôt demi-tour et disparut dans l'ombre du couloir.

Dehors il pleuvait. J'entendais l'eau goutter à

travers une grille, quelque part. Je frissonnai. Il faisait froid et humide dans ce souterrain, et il me venait aussi une envie de hot-dog bien chaud avec de la moutarde. Et il y avait tellement d'autres choses plus intéressantes à faire que de passer une fin d'après-midi dans une station de métro désaffectée, humide et envahie de rats, à attendre un train fantôme qui ne passerait peut-être plus jamais, et des vampires qui n'existaient peut-être que dans mon imagination !

À ce moment, j'entendis de nouveau les pas traînants approcher par le couloir.

– Tu as trouvé un hot-dog, Henri ? demandai-je.

Mais ce n'était pas Henri.

Je reconnus aussitôt ce visage d'une blancheur de craie sous le canotier de paille. Un sourire effrayant découvrait deux canines pointues, luisantes de salive. C'était Sim, le vampire de 1929.

Paralysé de terreur, je le regardai s'approcher. Il avait faim. Et son repas l'attendait. Un repas qui s'appelait Fred Roger.

7

Soudain, je vis luire dans l'ombre la doublure rouge d'une longue cape noire.
– Fiche le camp ! ordonna Valentin. Et tâche de trouver un rat quelque part !
Sim se retourna :
– Pour qui te prends-tu, hé, le millionnaire ? siffla-t-il entre ses dents.
Valentin s'avança, menaçant :
– Je suis le Premier ! Je suis votre chef, et vous devez m'obéir !
Sim fit face :
– Nous avons besoin de sang humain, gronda-t-il. De quoi te mêles-tu ?
– Espèce d'ingrat ! s'exclama Valentin. Tu aurais été déshonoré par la perte de ta fortune si tu ne m'avais pas rencontré !
– J'aurais vendu mes actions ! cria Sim. Une journée de plus, et je m'en sortais !

– C’est cela, c’est cela ! dit Valentin, sarcastique. Maintenant, si tu veux bien nous excuser, mon jeune ami et moi, nous avons à faire.

Sim me jeta un regard de haine et recula dans l’ombre.

– Eh bien, soupirai-je, il était moins une ! Si vous n’étiez pas arrivé, je lui aurais servi de dîner !

– Je t’ai dit que tu étais sous ma protection.

– Je m’en souviens. Mais je me demande bien pourquoi vous faites ça pour moi !

– Je t’aime bien, Fred, dit-il avec un sourire.

Il sortit quelque chose d’un repli de sa cape :

– Ceci t’appartient, je crois.

Mon sac à dos !

– Oh, merci !

Valentin me conduisit vers la caisse et s’assit près de moi.

– Pourquoi n’as-tu pas confiance en moi ? Je t’ai fait une promesse et je tiens toujours parole.

– Oui, mais vous êtes un... enfin... vous êtes un vampire. Et je me demande... peut-on vraiment faire confiance à un vampire ?

– Tu as raison de te poser la question, répondit pensivement Valentin. Je vais t’enseigner la règle numéro un du monde des vampires : ne fais jamais confiance à personne ! Pas même à moi ! Pas même au meilleur de tes amis !

– Là, je ne suis pas d'accord. Gaby et J. T., par exemple, mes deux meilleurs copains, je sais que je peux leur faire confiance. On se connaît depuis qu'on est tout petits.
– Et donc, tu leur fais confiancc ?
– Complètement !
– Ah ! fit Valentin en levant un sourcil étonné. Mais est-ce qu'ils te font confiance, eux ?
– Évidemment ! m'écriai-je.
Puis je me tus, soudain troublé. Est-ce que Gaby et J. T. me faisaient vraiment confiance ? Si oui, pourquoi est-ce qu'ils ne croyaient pas à ma rencontre avec des vampires ?
– Je te sens perplexe.
– C'est que... ils ne me croient pas quand je leur parle de vous, avouai-je. Mais reconnaissez que c'est une chose difficile à avaler !
– Mais s'ils sont tes amis, reprit Valentin, est-ce qu'ils ne devraient pas te croire, quoi que tu dises ?
Cette fois, je ne trouvai rien à répondre.
Voyant mon malaise, Valentin changea de sujet. Pour un être qui se nourrissait du sang des rats, je dois reconnaître qu'il faisait preuve de beaucoup de délicatesse.
– Je vois que tu as apporté un appareil-photo, constata-t-il.
Je décidai de taire mon intention de photogra-

phier le train des vampires, il aurait pu le prendre mal. J'expliquai :
– Avec Gaby, on doit préparer un exposé pour le cours d'histoire. Alors, quand j'ai découvert cette station hier, ça m'a donné l'idée de le faire sur l'ancien réseau du métro de New York. En fait, c'est grâce à vous !
– Vraiment ? Je serais ravi de t'aider !
– Super ! Il faut encore que je trouve des tas de documents. Je dois écrire le texte, et Gaby s'occupe des photos. Elle était là, tout à l'heure.
– Hmmm, fit Valentin, toi les textes et elle les photos ? Tu trouves ça juste ? Elle s'est gardé le travail le plus facile, non ?
– Pas du tout ! lançai-je, sur la défensive. Elle va développer elle-même les clichés, faire les cadrages et la présentation. Et elle va chercher aussi des documents. Elle a des difficultés avec la lecture et l'écriture.
– Eh bien, elle a de la chance d'avoir un ami comme toi !
Puis Valentin eut une idée :
– Ça te dirait de visiter d'autres stations abandonnées comme celle-ci ?
– Il y en a beaucoup d'autres ?
– Des quantités ! fit-il en levant dans un geste d'enthousiasme une main d'une blancheur de mort. Savais-tu, par exemple, que dans le temps

on pouvait se rendre dans un wagon privé dans les sous-sol de l'hôtel Astoria, et de là prendre l'ascenseur jusqu'à la réception ?

– Génial !

– Et savais-tu que quelques très riches familles, comme les Vanderbilt, possédaient leur propre station de métro sous leur hôtel particulier ? Certaines existent encore, je pourrais te les montrer.

Valentin se pencha vers moi. Son souffle sur mon visage était aussi froid qu'un vent d'Arctique.

– Oui, Fred, je peux te montrer tout ça. Je te propose un marché : je te fais entrer dans mon univers, l'univers magique de la nuit éternelle !

– Un marché ? Et que demandez-vous en échange ?

– Ne t'inquiète pas de ça. Pense que je peux te donner des informations que personne d'autre ne pourrait te procurer ! Tu vas éblouir tes camarades et ton professeur !

– Et Gaby, est-ce qu'elle pourra venir ? Elle doit prendre les photos !

Valentin fronça les sourcils et se leva brusquement.

– Non, non, rien que toi, Fred ! Je n'ai confiance qu'en toi !

– Je ne sais pas. C'est tentant, mais je ne sais pas si papa me donnera la permission.

– Laisse-moi t'enseigner la règle numéro deux

du monde des vampires, dit Valentin en fixant sur moi des yeux brillants. Ne demande jamais la permission de vivre ! Fais toujours ce que toi tu penses être juste !
J'approuvais de la tête, fasciné par son regard intense. Je n'étais pas sûr d'avoir tout à fait compris, mais quelque chose me plaisait profondément dans ses paroles.
– Maintenant, dit Valentin, je dois te quitter. Mes compagnons vont s'inquiéter de mon absence.
Il s'enveloppa dans sa cape en ajoutant :
– Si tu es d'accord pour notre visite souterraine, attends-moi ici demain à la même heure.
– Mais comment saurez-vous que c'est l'heure ? demandai-je. Vous m'avez dit qu'il n'y avait pas de pendules sur le trajet du train !
– Je ne sais pas quelle heure il est, expliqua Valentin. Mais je saurai quand te rencontrer. Appelle-moi, j'entendrai.
– D'accord.
Il me restait une chose à faire : prendre une photo de lui pour la montrer à Gaby.
Je levai l'appareil et appuyai sur le déclencheur. La lumière du flash se refléta dans les yeux de Valentin. Il poussa un hurlement, puis fit un pas vers moi avec une telle expression sur le visage que je reculai, mon cœur refusant brusquement de battre.

Une lueur diabolique flamboya au fond de ses prunelles. Il ressemblait à Sim, tout à coup.
Puis son visage s'adoucit et il sourit.
– Tu m'as eu par surprise, Fred, murmura-t-il. À demain !
Je baissai les yeux un instant pour refermer l'appareil. Quand je relevai la tête, il avait disparu.

Gaby plongea la pellicule dans le révélateur.
– Ça va prendre une seconde.
J. T. et moi, on regardait l'image apparaître.
J'étais venu rapporter l'appareil à Gaby tout de suite après dîner. Je tenais enfin la preuve de l'existence d'un vampire !
Le quai se dessinait peu à peu, la mosaïque sur le mur, les poutres de métal sculptées.
Mais on ne voyait pas Valentin.

8

– Alors, il est où, ton vampire ? railla J. T. Son père était vitrier, peut-être ?
Gaby pinça les lèvres :
– J'ai déjà une photo sous cet angle, et celle-ci est floue !
Soudain je compris tout. Je regardai mes copains, dans l'étrange lumière rouge du labo et m'écriai :
– Mais c'est ça, la preuve ! La preuve que Valentin est bien un vampire !
– Comment ça, la preuve ? répliqua J. T. On ne voit rien sur ta photo !
– Je l'ai photographié en gros plan, expliquai-je, et son image ne s'est pas imprimée sur la pellicule !
– Gros plan ou pas, protesta Gaby, c'est une photo ratée ! Regarde, elle est complètement floue !

– Je sais qu'elle est floue, criai-je, impatienté. Si tu crois que j'ai eu le temps de faire la mise au point ! Mais je sais tout de même me servir d'un viseur, figure-toi !

Elle me regarda, muette. Malgré l'étrange éclairage, je savais que ses grands yeux bleus étaient devenus presque noirs. Gaby déteste que je crie.

– Sortons d'ici, décida-t-elle.

Elle accrocha la photo à un fil au-dessus du lavabo pour la faire sécher, puis elle éteignit la lumière, plongeant le minuscule labo dans l'obscurité totale.

J'entendis J. T. batailler avec la poignée de porte.

– Alors, tu ouvres ? dit Gaby.

Je me sentais bien dans le noir. J'étais libre, puissant. Je pouvais faire un pied de nez à Gaby ou lui tirer la langue sans qu'elle s'en aperçoive. Je commençais à comprendre ce que voulait dire Valentin quand il parlait de la magie de la nuit.

– Ça y est ! s'exclama J. T.

La porte s'ouvrit et la lumière nous éblouit.

– C'est malin ! grogna Gaby en me regardant.

Pris en faute, je rentrai vivement ma langue.

Nous la suivîmes à la cuisine. Les photos étaient étalées sur la table. Elle nous offrit des jus de fruits.

– Tu n'aurais pas plutôt un Coca ? demanda J. T.

Le pauvre, sa mère est une militante de l'équi-

libre alimentaire, et J. T. ne rêve que de hamburgers et de sodas bien sucrés !
Gaby fit signe que non. Elle attrapa une boîte de cookies au chocolat et la posa sur la table comme si elle avait voulu les réduire en poussière. Gaby était encore de fort méchante humeur !
– Tu ne crois toujours pas à l'existence de Valentin ? lui demandai-je.
– Lâche-nous un peu avec ton histoire de vampires, tu veux ! grogna-t-elle.
– Est-ce que tu crois au moins que j'ai rencontré quelqu'un dans ce souterrain ?
Gaby posa son doigt sur une goutte de jus de fruits tombée sur la table et l'écrasa sans me regarder.
– Écoute, Fred, je ne sais jamais quand tu dis la vérité ou pas. À t'entendre, tu ne cesserais de côtoyer des célébrités avec ta mère, alors qu'elle te laisse tout seul la moitié des week-ends, ou tu assistes à des matchs qui n'ont jamais eu lieu ; ou alors tu es sur le point de partir pour un safari en Afrique, mais tu ne pars jamais !
– On va partir, affirmai-je. Maman m'a promis !
Gaby me lança un regard de commisération :
– C'est vrai, tu vas partir ! À Parc-Safari, à cent kilomètres d'ici ! Ta mère l'a dit à la mienne !
Pourquoi maman et la mère de Gaby sont-elles tellement amies ? Quelle calamité !

J'admis :
– Bon, c'est vrai, j'exagère un peu, quelquefois. Mais là, je vous le jure. Valentin existe et c'est un vampire !
– Après tout, fit J. T., la bouche pleine de cookies, c'est peut-être vrai ! Je crois bien aux extraterrestres. Pourquoi pas aux vampires ?
– Parce que ! répliqua Gaby.
– Parce que quoi ? Parce que ça te fait peur ? Ne fait pas la fille, Gaby !
– Non. Parce que c'est idiot ! répliqua Gaby. Tu as rencontré un type un peu siphonné, peut-être un magicien ou quelque chose comme ça. Et toi, tu as transformé la réalité, selon ta bonne habitude, et tu as inventé cette histoire de vampires à dormir debout ! Et, pendant ce temps-là, tu n'as rien fait pour notre exposé. Je te rappelle que c'est pour la semaine prochaine !
Je protestai :
– Dis donc, c'est moi qui ai eu l'idée !
– Bon, d'accord, soupira Gaby, c'est une bonne idée. Mais tu es toujours comme ça, Fred ! Tu as une idée, et ça te suffit. Moi, j'ai déjà passé deux heures à la bibliothèque, tout à l'heure, pour trouver d'autres documents, pendant que tu restais assis dans le noir à guetter un train fantôme et à discuter avec cette espèce de magicien à moitié fou !

– J'ai pris une photo ! criai-je.
– Elle est floue ! cria Gaby encore plus fort.
Cette fois, j'étais vraiment en colère :
– Tu as un fameux culot, Mademoiselle Cohen ! Tu fais le travail le plus facile, et moi, je dois me taper toute la rédaction du dossier ! J'ai accepté parce que tu es dyslexique. Mais avoue que prendre des photos, ce n'est pas très fatiguant !
De larges taches rouges étaient apparues sur les joues de Gaby :
– Je ne savais pas que tu pensais ça.
– Eh bien, je le pense !
J. T., les sourcils levés, nous regardait tantôt l'un, tantôt l'autre en mâchant ses cookies, et, pendant un moment, ce fut le seul bruit qu'on entendit dans la cuisine.
– Puisque c'est comme ça, reprit enfin Gaby d'une petite voix tremblante, peut-être qu'on ne devrait plus faire cet exposé ensemble. J'annoncerai demain à M. Potacher qu'on a changé d'idée et que je vais présenter un projet toute seule.
Je haussai les épaules :
– Si tu veux.
– Tu peux prendre les photos, dit-elle en les poussant vers moi.
Je les repoussai vers elle. Je me sentais à part, soudain, supérieur à eux, parce que j'avais vu des

choses qu'ils ne pouvaient même pas imaginer.
– Garde-les. Je n'en ai pas besoin.
Des larmes perlèrent aux yeux de Gaby. Elle ramassa ses photos et les déchira.
– Je n'en ai pas besoin non plus, déclara-t-elle.
Elle but une gorgée de jus de fruits en regardant ailleurs. Elle était prête à pleurer et ne voulait pas que je le voie. Je savais que je l'avais blessée. Mais une drôle de petite voix dans ma tête m'empêchait de lui faire des excuses. Pourquoi en aurais-je fait ? La même impression que j'avais ressentie dans l'obscurité du labo me saisit à nouveau. Le pouvoir de Valentin était en moi, la puissance des ténèbres.
Je savais que je devais maintenant entrer au cœur même de cette puissance.
J'avais pris ma décision.

– Je t'attendais, dit Valentin.
Je m'assis près de lui sur la caisse.
– Il fallait que je vienne.
– Oui, Fred, il le fallait.
Une lueur malicieuse pétilla dans son regard :
– As-tu demandé la permission ?
– J'ai dit à papa que j'allais dormir chez mon copain J. T.
– Bien. Tu apprendras vite que le secret de la vie, c'est d'agir comme on l'entend, de se faire

confiance à soi-même, de suivre le battement de son propre sang.

Il se leva et rejeta sa cape en arrière.

– Allons-y, maintenant.

Valentin m'entraîna dans un étrange voyage au royaume des ténèbres. Il marchait devant et je le suivais. Je n'avais pas peur. Nous longions des tunnels obscurs sans même une lampe de poche, et nous n'en avions pas besoin. J'avançais dans le noir comme en plein jour. Et je compris que la lumière du soleil était trop forte, elle empêchait de voir.

Nous traversions de vastes salles décorées de mosaïques aux couleurs étincelantes, carrelées de rouge et de noir, aux voûtes soutenues par de gracieuses colonnades.

Un monde d'une incroyable beauté existait sous ma ville, et je n'en savais rien !

J'avais emprunté l'appareil-photo de papa. Je pris des quantités de clichés en faisant soigneusement la mise au point. Valentin m'attendait patiemment. Il me conta l'histoire des souterrains et je notais tout. J'allais faire le meilleur exposé de la classe, simplement parce que j'avais décidé de faire confiance à Valentin. Et c'était bien la plus sage décision que j'aie prise de toute ma vie !

La dernière station était la plus extraordinaire.

Une fresque, sur la voûte, représentait un train roulant dans un paysage d'arbres tordus éclairés par la lueur sanglante du soleil couchant. Les hauts piliers était recouverts de feuilles d'or, le sol était de marbre blanc.
Mais le plus étrange, c'était la propreté parfaite des lieux ; toutes les autres stations que nous avions traversées semblaient recouvertes par un siècle de poussière.
Je fis le tour de la salle, ne sachant plus que photographier en premier. Je demandai :
– Quelle est cette station ?
– La mienne, dit Valentin. Elle était au-dessous de mes appartements. Le bâtiment n'existe plus aujourd'hui. Je les ai entendus l'abattre pour construire du neuf.
Il parcourut la grande salle du regard :
– Mais il me reste ceci. C'est moi qui l'ai créé. C'est à moi.
– C'est beau, approuvai-je.
Il sourit. Ses dents ne me faisaient plus du tout peur à présent.
Je levai l'appareil, mais il couvrit l'objectif de sa main.
– Non, Fred, pas de photos. Sinon, les gens voudront découvrir l'endroit, et je préfère qu'il demeure ainsi, dans sa pure beauté, intact. Tu seras le seul à le connaître.

– D'accord. De toute façon, j'ai déjà bien assez de documents et je...
– Chut, me coupa Valentin en levant la main. Écoute, tu les entends ?
– Qui ? murmurai-je. Les rats ?
– Les gens. Tu les entends marcher au-dessus de nos têtes ? Est-ce qu'il fait nuit, maintenant, Fred ?
Je regardai ma montre.
– Oui.
– C'est ce que je pensais, dit Valentin en fermant les yeux. Je les vois marcher, dans la fraîcheur de la nuit, allant au restaurant, au concert, ou bien rentrant à la maison après leur journée de travail. Ils marchent sous les étoiles, ils sont vivants. Entends-tu le battement de leurs cœurs ?
– Non, mais je comprends ce que vous voulez dire.
– Je veux marcher au milieu d'eux, Fred. Je veux respirer l'air de la nuit !
Valentin ouvrit les yeux :
– Emmène-moi, Fred. Montre-moi le chemin !
– Eh, minute !
Je ne m'attendais pas à ça ! Accompagner Valentin dans les souterrains était une chose. Mais je ne pouvais tout de même pas l'emmener dehors, n'importe quoi pouvait arriver ! Valentin était un vampire !

– Nous avions fait un marché.
– Quoi ? Quel marché ?
– Je t'ai introduit dans mon domaine. Maintenant, c'est à toi de me conduire dans le tien.
– Mais nous n'avons jamais fait ce marché ! protestai-je. Vous n'avez jamais parlé de sortir !
– Tu as accepté, pourtant, insista Valentin. Tu n'as entendu que ce que tu voulais bien entendre !
Il me regardait dans les yeux et je me sentais sombrer dans une eau noire et profonde. Le médaillon d'or à son cou brillait comme une étoile au fond d'un puits.
– Fred, promit-il doucement, je ne mordrai personne. Pas même un rat ou un chien. Tu ne me quitteras pas d'une semelle. Laisse-moi t'apprendre la magie de la nuit. Laisse-moi voir les étoiles encore une fois. Emmène-moi dehors !
Et je répondis :
– D'accord.

9

Cheminant dans l'autre sens le long des couloirs tortueux, je conduisis Valentin jusqu'au pied de l'escalier. Il regarda les marches qui s'élevaient dans l'obscurité et murmura :

– Enfin... !

Valentin sur mes talons, je remontai l'escalier, repoussai les planches qui fermaient l'ouverture et me glissai au-dehors. Valentin passa derrière moi comme une ombre.

Debout, immobile, la tête levée vers le ciel plein d'étoiles, il respira profondément, humant la fraîcheur de la nuit. Jamais il ne m'avait paru aussi grand !

Puis il se mit à vaciller comme un homme ivre et je crus qu'il allait tomber. Une ombre bougea derrière lui, puis disparut. Un rat ? Je n'essayai pas d'en savoir plus...

– Ça va ? demandai-je.

Valentin se tourna lentement vers moi et la lumière de la lune fit briller sur ses joues quelque chose qui ressemblait à... à des larmes ? Mais j'avais sans doute mal vu. Tout le monde sait que les vampires ne pleurent jamais.
Il murmura :
– J'ai attendu si longtemps !
– Alors, on y va ? On a des tas de choses à voir ! Faire visiter sa ville à quelqu'un qui n'y a pas mis les pieds depuis cent ans n'est pas une mince affaire ! Valentin n'avait jamais vu un hélicoptère et n'avait pas la moindre idée de ce qu'est un gratte-ciel. Il n'arrivait pas à comprendre comment un bâtiment aussi haut pouvait tenir debout ! Quand il découvrit la tour du World Trade Center, qui fait plus de cent étages, il poussa un cri d'effroi. Oui ! Moi, Fred Roger, j'avais réussi à effrayer un vampire !
Il n'était pas encore très tard, les rues étaient pleines de monde, et j'eus beaucoup de peine à convaincre Valentin que les jeunes femmes en minijupes n'avaient pas oublié de s'habiller !
Nous avons marché, marché, marché, Valentin ne semblait pas sentir la fatigue. Je finis pas l'obliger à entrer dans un fast-food. Il fut stupéfait de découvrir que l'on pouvait commander un hamburger et l'obtenir tout prêt en moins de trois minutes, accompagné d'un cornet de frites !

Mais, quand il l'eut reniflé, il déclara que ça ne sentait pas la viande, et il avait peut-être raison... Puis nous avons remonté la Cinquième Avenue, car Valentin ne se lassait pas de regarder les gratte-ciel.

– C'est magnifique, répétait-il en agitant sa canne avec enthousiasme. Commerce, industrie, richesse, New York a surpassé toutes mes espérances !

– Je ne sais pas. Moi, j'aime mieux les quartiers comme le mien, où les immeubles sont plus petits. Je m'y sens plus à l'aise.

– Mais le progrès, Fred ! disait Valentin en désignant l'Empire State Building. Il ne faut jamais se contenter de ce que l'on a ! Il faut sans cesse détruire ce qui est vieux pour bâtir du neuf !

– Oui, peut-être.

Je préférais ne pas avouer à Valentin que mon père était président de l'Association de défense des bâtiments historiques !

Nous avons marché toute la nuit. Peu à peu, les rues se vidaient, mais on n'entendait même pas le bruit de nos pas. Il me semblait que nous étions invisibles.

Finalement, nous avons pris le métro, le vrai métro ! Nous en sommes sortis à Canal Street et avons continué à pied jusqu'à City Hall. Le ciel commençait à pâlir et Valentin me parut affaibli.

Comme nous atteignions l'entrée secrète, il se tourna vers moi :
– Merci, Fred, dit-il en s'inclinant légèrement.
– Il n'y a pas de quoi.
Et soudain, une idée me frappa :
– Dites, à partir du moment où je vous ai assuré qu'il faisait nuit, vous auriez pu sortir et vous promener tout seul ! Vous n'aviez pas besoin de moi !
Une lueur malicieuse s'alluma dans ses yeux :
– J'avais besoin de compagnie !
Valentin enroula sa cape autour de ses épaules et je le vis passer à travers les planches. C'était vraiment impressionnant !
Je me dirigeai lentement vers la maison. Il n'y avait personne dans les rues. Si papa et maman me voyaient, j'aurais sûrement de gros ennuis, mais c'était vraiment idiot de me faire du souci pour ce genre de chose après avoir passé une nuit dans New York avec un vampire !
Soudain, une main glacée se posa sur mon épaule. Je sursautai, mais c'était Valentin. Je ne l'avais pas entendu venir.
– Je suis content de te retrouver. Il est arrivé quelque chose.
– Quoi donc ? demandai-je, inquiet.
Valentin paraissait encore plus pâle que d'ordinaire, ce qui n'est pas peu dire !

– C’est Sim. Il n’est pas là.
– Pas là ?
Valentin fit un signe de tête :
– Je crains qu’il ne nous ait suivis.
Je me rappelai alors l’ombre que j’avais cru apercevoir au moment où nous étions sortis. Ce n’était donc pas un rat !
– Viens, m’ordonna Valentin, pourvu qu’il ne soit pas trop tard !
– Trop tard ? Vous voulez dire que ...
– Il est affamé, reprit Valentin. Il faut absolument le retrouver !
Nous avons parcouru tout Wall Street. C’était le quartier de Sim avant, et Valentin pensait qu’il avait dû se diriger par là. Nous avons fouillé chaque ruelle, regardé sous chaque banc du parc. C’était un étrange jeu de cache-cache. Je dois dire que j’en avais connu de plus amusants !
Valentin commençait à respirer difficilement et semblait avoir du mal à tenir sur ses jambes.
– Je ne me sens pas bien, Fred, murmura-t-il. L’aube approche.
– Nous ferions mieux de rentrer. Sim sera peut-être là. Il doit se sentir mal, lui aussi !
– Sauf s’il a trouvé un endroit pour se cacher. N’y a-t-il pas un bâtiment par ici où il soit facile de pénétrer ? Un sous-sol où personne ne risquerait de le trouver, un cimetière ?

– Je ne sais pas.
Valentin m'agrippa par le bras si fort qu'il me fit mal :
– Il pourrait se glisser dans un caveau !
Je secouai la tête :
– Il n'y a pas de cimetière dans le quartier.
Puis je me repris :
– Ah si ! Il y a le petit cimetière de l'église de la Trinité !
– Il faut y aller tout de suite ! s'écria Valentin.
Je sursautai :
– Maintenant ?
Me promener à cette heure-ci dans un cimetière en compagnie d'un vampire ne me réjouissait pas !
– Oui, insista Valentin, avant qu'il ne soit trop tard ! Nous avons descendu en hâte les rues désertes. Arrivés devant l'église, nous avons escaladé la haute grille et nous sommes laissé glisser dans l'herbe.
Les pierres tombales luisaient dans la pâle clarté qui précède le jour. Je me surpris en train de marcher sur la pointe des pieds, comme si j'avais craint de réveiller les morts.
– Il faut trouver une crypte, chuchota Valentin.
– Valentin... ! fis-je.
Puis je me tus. Je crois qu'à cet instant mon cœur s'est arrêté de battre l'espace d'une seconde :

Sim venait d'apparaître derrière une tombe. Du sang coulait sur son menton.
– Attrape-le ! cria Valentin.
– Quoi ?
Mais déjà Valentin s'était élancé. Le temps que je contourne la tombe, Valentin tenait Sim plaqué au sol. Penchant son visage vers lui, il grondait :
– Je t'ordonne de rentrer ! Tu n'as pas le choix !
Sim tournait violemment la tête d'un côté et de l'autre.
– Jamais ! siffla-t-il. J'ai goûté au sang humain, je ne rentrerai pas !
– Sim, dit Valentin, l'aube approche ! Il faut rentrer !
– Non ! Je peux me cacher, j'ai trouvé une place !
– Il n'y a pas de place pour nous ici. Tu ne comprends donc pas ? Viens, tout de suite !
Valentin paraissait à bout de forces. Pourtant, il souleva Sim par les épaules, le remit debout. Sim cessa brusquement de discuter. Il paraissait fatigué, lui aussi.
– Ramène-nous, Fred, pria Valentin.
Son visage était pâle à faire peur.
Je les reconduisis jusqu'à l'entrée secrète. Je les regardai disparaître derrière les planches, retourner à leur monde de ténèbres.

Le soleil n'était pas encore apparu, mais comme je marchais vers la maison, une lumière rose commença à caresser les toits des buildings. Je ne me sentais pas du tout fatigué. Malgré la sinistre rencontre avec Sim, je venais de vivre la plus belle nuit de ma vie.
Je rentrai sur la pointe des pieds, refermant aussi doucement que possible derrière moi la porte de l'atelier. Je me retournai.
Papa était assis devant la table de la cuisine, une tasse de café à la main, hirsute et mal rasé.
Je venais de passer la nuit avec un vampire, mais les ennuis ne faisaient que commencer.

10

– Où étais-tu ? demanda papa.

Sa voix était parfaitement calme, ce qui n'était pas bon signe.

– Je te l'ai dit, commençai-je un peu trop vite, j'ai passé la nuit chez...

– Ne mens pas, Fred !

Cette fois, il avait crié. Les cernes violacés sous ses yeux prouvaient qu'il avait veillé toute la nuit.

– Tu n'as pas dormi chez J. T., je le sais, continua-t-il d'une voix plus douce. Gaby a téléphoné, elle voulait te parler. Je lui ai dit que tu étais chez J. T. Elle a demandé si tu allais avec lui au récital de piano que donnait son frère. Je n'en savais rien. Du coup, j'ai téléphoné aux parents de J. T. pour savoir si tu avais au moins pensé à prendre une chemise propre...

Max, le frère de J. T., est élève dans une école de

musique très chic. Je n'aurais certainement pas pu aller à ce concert vêtu d'un jean et d'un vieux T-shirt ! Aïe-aïe-aïe !
– Je renouvelle ma question, reprit mon père. Où étais-tu ?
Je décidai d'avouer la vérité. Non pas toute la vérité, bien sûr, mais une partie.
– J'étais avec Valentin. C'est mon nouvel ami, celui que j'ai rencontré dans le métro, tu sais, le magicien. Nous avons fait un long tour dans les rues, puis nous avons discuté dans une cafétéria toute la nuit.
– Tu veux dire que tu as passé la nuit à te balader dans New York avec un type que tu as rencontré dans le métro ? rugit papa.
– C'était super ! assurai-je de ma voix la plus convaincue. Valentin voulait me faire découvrir la ville la nuit, me montrer sa face cachée, son mystère, quoi ! Et je ne t'ai pas demandé la permission parce qu'il faut savoir décider les choses par soi-même. Le secret de la vie, c'est de consentir au battement de son propre sang !
Papa eut l'air consterné :
– C'est ton nouvel ami qui t'apprend cette belle philosophie ?
Mais je me sentais loin de lui, soudain, comme si j'étais encore en train de marcher, libre, dans la ville nocturne.

– C’est la magie de la nuit qui me l’a appris..., murmurai-je doucement.
Cette fois, mon père parut carrément inquiet :
– Tu ne reverras plus jamais ce type, Fred, tu m’entends !
– Je t’entends, oui.
Mais, en réalité, seule une partie de moi avait entendu. L’autre partie écoutait le bruit des poubelles qu’on remuait. Dehors, le monde s’éveillait. Et je pensais que c’était tellement absurde de ne vivre que le jour et de passer la nuit à dormir, alors que la lune et les étoiles prenaient possession du ciel ! C’était tellement absurde de perdre les heures magiques de la nuit !

Je dormis toute la matinée. Papa me réveilla à l’heure du déjeuner et m’expédia à l’école. Il paraissait encore très soucieux. Il parla même de m’envoyer vivre chez ma mère, dans un quartier moins dangereux. Bien sûr, il ne lui parlerait pas de mon escapade nocturne pour le moment. Mais si je ne retrouvais pas rapidement un comportement normal, il serait sans doute obligé de le faire.
Normal ? Qu’entendait-il par là ?
Je n’écoutais pas grand-chose en classe, cet après-midi-là. Je faisais des plans dans ma tête pour réussir à m’échapper de la maison les nuits

prochaines. Bien sûr, papa m'avait interdit de sortir, mais ce n'était pas ça qui m'arrêterait.
Gaby et J. T. me sautèrent dessus à la sortie, parlant tous les deux en même temps :
– Qu'est-ce qui t'est arrivé ?
– Où étais-tu passé ?
– Merci, les copains. À cause de vous, je suis interdit de sortie ! Vous auriez pu me couvrir !
– Comment voulais-tu qu'on te couvre ? répliqua Gaby. Tu ne nous avais même pas prévenus !
– Tu aurais dû nous dire où tu allais, ajouta J. T. Et si quelque chose t'était arrivé ?
– Ne soyez pas stupides ! Et venez plutôt avec nous, la prochaine fois !
– Qui, « nous » ? demanda Gaby.
– Valentin et moi.
Gaby mâchonnait le bout de sa natte. Je crois que je ne l'avais pas vue faire ça depuis qu'elle avait sept ans.
– Tu ne vas tout de même pas recommencer !
– Et pourquoi pas ? dis-je. On n'a pas à demander sans cesse la permission, il faut faire nos propres choix, c'est Valentin qui me l'a appris. Et nous, nous passons notre temps à demander à nos parents la permission de vivre !
Gaby et J. T. échangèrent un regard consterné.
– Parce que maintenant c'est un vampire qui te dicte ce que tu dois faire ? demanda J. T. en tirant

nerveusement sur la ceinture de son pantalon. Sa mère lui achète toujours des vêtements trop grands !

– Tiens, m'étonnai-je, avant, tu ne croyais pas que c'était un vampire !

Gaby prit sa défense :

– Oui, mais ce drôle de type prétend en être un. C'est ça qui est bizarre. Tu devrais être plus prudent, Fred. Il est sûrement dangereux !

– Gaby a raison, ajouta J. T. D'ailleurs, tu es devenu plutôt bizarre, toi aussi !

– Je vais très bien ! répliquai-je. Je suis en train de vivre des choses passionnantes, et vous, vous êtes jaloux, voilà tout !

– D'accord, ricana Gaby, j'avoue tout : j'ai toujours rêvé de compter Dracula parmi mes meilleurs amis !

Je haussai les épaules :

– Allez, salut, il faut que j'y aille. Papa m'a ordonné de rentrer directement après la classe.

– Moi aussi, je dois rentrer, grommela Gaby. J'ai une tonne de boulot pour finir de préparer mon exposé. C'est pour demain !

– Et moi, je vais vous faire sortir les yeux de la tête en vous montrant les photos que j'ai prises la nuit dernière, vous allez voir !

Et je laissai Gaby et J. T. au coin de la rue.

Je passai par le magasin de photos pour déposer

ma pellicule. Le vendeur me promit que tout serait prêt le lendemain matin. J'aurais donc le temps de classer les diapos pendant l'heure d'étude de la matinée. J'allais récolter la meilleure note de la classe sans l'aide de personne. Ça lui en boucherait un coin, à Gaby ! J'avais hâte de voir sa tête !

Avant de rentrer, je m'arrêtai à la boutique chinoise pour acheter des rouleaux de printemps en attendant l'heure du dîner. Je trouvai M. Wang sur le pas de la porte, l'air soucieux.

– Ça ne va pas, Monsieur Wang ? demandai-je.

– Rien de grave, dit-il. Mais... tu n'aurais pas vu Henri ?

– Henri ? Non. D'habitude, je le croise en allant à l'école, mais, aujourd'hui, j'étais en retard. Je voudrais deux rouleaux de printemps, s'il vous plaît.

M. Wang emballa les rouleaux dans un sac en papier et me rendit la monnaie.

– Henri se pointe tous les jours à trois heures pour prendre son bol de soupe.

M. Wang semblait se parler à lui-même.

Je pris mon sac.

– Et aujourd'hui, il n'est pas venu. Ce n'est pas normal, continua M. Wang.

– Ouais, en effet...

– Ce matin, je suis allé chercher mes légumes

frais aux halles. Le jour n'était pas encore levé. Et j'ai aperçu Henri avec un grand type, dans un terrain vague du côté de Wall Street. Ce type avait quelque chose de bizarre, oui, de bizarre.

« Bizarre ? »

– Henri ! criai-je tout à coup.

Et je m'élançai en courant. J'entendis M. Wang m'appeler :

– Hé, Fred ! Tu oublies tes rouleaux de printemps !

Je descendis quatre à quatre les marches menant à City Hall. Hors d'haleine, je m'arrêtai au bord du quai.

– Valentin ! Où êtes-vous ?

Mais, du fond du tunnel obscur, seul l'écho me répondit lugubrement.

11

Pendant le dîner, papa essaya de me faire parler de Valentin. Je voyais bien qu'il se faisait du souci pour moi. Mais je ne racontai pas grand-chose, trop de pensées se bousculaient dans ma tête.
Je finis par me dire que je devenais paranoïaque ! L'homme que M. Wang avait vu avec Henri pouvait être n'importe qui, un autre type dans son genre, un de ces sans-abri qui vivent dans les parcs ou dans les immeubles abandonnés. Henri pouvait parfaitement avoir changé de quartier sans prévenir personne.
D'ailleurs, j'avais quelque chose de plus important à faire : terminer mon exposé pour le lendemain. Je n'avais pas encore mes diapos, mais je me souvenais de presque tous les clichés que j'avais pris dans les souterrains. Je regrettais de ne pas pouvoir profiter des documents que Gaby

avait trouvés à la bibliothèque, mais les notes que j'avais prises sous la dictée de Valentin étaient sûrement plus intéressantes encore. Et M. Potacher serait tellement bluffé par les photos qu'il n'écouterait sans doute que distraitement mes commentaires !
La nuit tombait, et je me sentais de plus en plus nerveux. Je m'enfermai dans ma chambre et ouvris la fenêtre en grand, comme pour faire entrer le monde nocturne entre mes quatre murs. Penché en avant, je respirais à pleins poumons. Il me semblait que quelqu'un – ou quelque chose – était là, dehors, et m'appelait.
– Bientôt, murmurai-je à la rue noire au-dessous de moi, bientôt...

Le lendemain matin, je guettais Gaby. Nous partions toujours à l'école ensemble. J'avais entendu son pas et je savais qu'elle était là, dans le hall, hésitante, se demandant si elle allait frapper ou non à notre porte.
Puis les pas repartirent dans l'autre sens. Très bien ! J'attendis encore une minute pour être sûr de ne pas me retrouver juste derrière elle, puis je courus jusqu'à la boutique de photos prendre mes diapos. J'arrivai à l'école juste au moment où la cloche sonnait.
L'heure d'étude se passait à la bibliothèque.

Nous pouvions prendre des livres, faire nos devoirs ou nous occuper comme nous voulions, du moment que c'était en silence. D'habitude, on s'asseyait tous les trois, Gaby, J. T. et moi, pour travailler ensemblc. Mais, ce matin-là, il me fallait être seul.

Je trouvai une place tranquille, à moitié cachée derrière une étagère de livres. J'ouvris la boîte de diapos et les tendis une à une devant la lumière. Elles étaient noires. Toutes.

Une tête apparut derrière l'étagère et je fis rapidement tomber les diapos sur mes genoux. Le visage piqueté de taches de rousseur de J. T. se penchait vers moi.

– Hé, fit-il d'une voix amicale, qu'est-ce que tu fais dans ton coin ?

Personne n'est aussi peu rancunier que J. T. À la différence de Gaby !

– Rien, rien, dis-je, essayant de retenir les diapos qui glissaient de mes genoux.

Cela ne fit qu'attirer l'attention de J. T.

– Comment sont tes diapos ? demanda-t-il. Aussi fabuleuses que tu l'espérais ?

– Encore mieux que ça ! m'écriai-je.

Si j'avouais à J. T. qu'elles étaient complètement ratées, il irait tout de suite le répéter à Gaby et elle viendrait me rire au nez !

– J'ai du travail, J. T.

Son sourire s'effaça :
– Oh, d'accord. À tout à l'heure.
Et il disparut derrière l'étagère.
Je rassemblai les diapos et les regardai à nouveau, cherchant une explication.
Qu'un vampire n'apparaisse pas sur un cliché, ce n'était pas étonnant, mais une station de métro ?
Et soudain, je compris ce qui s'était passé. Je poussai une exclamation que je tentai de dissimuler sous une fausse quinte de toux. Je savais pourquoi mes photos étaient noires. Il n'y avait rien de surnaturel là-dedans : j'avais simplement oublié d'enlever le cache de l'objectif !

– Excellent, Mademoiselle Lattenzi, approuva M. Potacher. Vos esquisses sont très expressives, et vos photos remarquables.
– Merci, Monsieur, dit Gaby en rougissant.
– Cet exposé sur les établissements Chrysler était extrêmement intéressant, continua M. Potacher. Vous avez dû y passer du temps !
– Pas mal de temps, oui, murmura modestement Gaby.
Et elle me sourit. Je me dépêchai de tourner mon regard ailleurs.
M. Potacher consulta sa liste :
– Maintenant nous allons écouter l'exposé de... Fred Roger.

J'avais passé l'heure du déjeuner à faire des photocopies d'images de stations de métro que j'avais trouvées dans un vieux bouquin à la bibliothèque. Si j'essayais de faire un exposé avec ça, j'allais récolter la plus mauvaise note de la classe ! Je n'avais qu'une chose à faire : demander un délai de grâce ! Puis je convaincrais papa de me laisser sortir en fin d'après-midi. J'irai retrouver Valentin et je ferai de nouvelles photos.

Je me levai :

– Excusez-moi, Monsieur, mais je ne suis pas tout à fait prêt. Pourrais-je faire mon exposé demain ?

– J'espère que vous êtes conscient, Roger, que cela fera baisser votre note ?

– Oui, Monsieur.

De toute façon, avec les photos, j'obtiendrais le maximum. Tant pis pour quelques points de moins !

– Très bien, Roger.

Et il appela Alice Swaan.

Gaby me lança un coup d'œil interrogateur, mais je fis mine d'être subjugué par le passionnant exposé d'Alice Swaan sur l'histoire des grands magasins.

Je somnolais vaguement pendant le dernier cours

quand Mick Materson me lança un coup de coude.
– Hé, Roger, ils n'ont toujours pas remis la pendule à l'heure !
– Fiche-moi la paix.
Et je plongeai la tête dans mon livre.
Puis je réalisai soudain que, si je sortais plus tôt, j'aurais le temps d'aller prendre quelques photos avant que papa commence à s'inquiéter. Il avait des cours aujourd'hui, et il ne pourrait pas appeler à la maison avant cinq heures pour savoir si j'étais rentré. Avec un peu de chance, je rencontrerais Valentin.
Je levai la main :
– Heu..., Madame Nowicki ?
– Oui, Fred ?
– La pendule s'est encore arrêtée. Il est trois heures cinq !
– Vraiment ?
Alors Mme Nowicki ouvrit son tiroir et je crus que mon cœur s'arrêtait de battre : elle sortit du tiroir une pendulette de voyage. Lentement, ses yeux cherchèrent les miens :
– Vous m'attendrez à la fin du cour, Fred Roger. Nous avons à parler de l'état de la pendule la semaine dernière.
Un silence de mort s'abattit sur la classe.
Mme Nowicki soupira :

– Je n'aime pas ça, Roger. Il se pourrait bien qu'un certain jeune homme reste en retenue ce soir !
– Qui ? balbutiai-je. Moi ?
Mon plan était à l'eau. Mais que faire contre le mauvais sort ? Quand la cloche sonna, je me rendis à la salle d'étude où l'on gardait les élèves en retenue. Mais d'abord j'appelais papa pour le prévenir. Inutile de dire qu'il ne le prit pas très bien.
Je m'assis à une table et tentais de faire mes devoirs. Mais j'avais beaucoup de mal à me concentrer. Les aiguilles de la pendule semblaient se mouvoir avec une extrême lenteur. Mon estomac gargouillait et je pensais aux rouleaux de printemps de M. Wang. Ce qui me fit penser à Henri.
Soudain, j'entendis un sifflement. Je me retournai. C'était J. T. Il avait passé la tête par la porte du fond :
– Je voulais juste que tu ne t'inquiètes pas, chuchota-t-il. J'ai dit à Gaby que tes photos étaient toutes noires.
– Comment tu le sais ?
– Je les ai vues, Fred, tu ne les as pas cachées assez vite ! Gaby va aller en faire d'autres à City Hall. Celles qu'elle avait prises, elle a même détruit les négatifs, tellement elle était en colère.

Mais maintenant, elle regrette. Tu auras tes photos demain pour ton exposé, promis !
– Hé, attends, tu veux dire que Gaby va faire ça pour moi ?
J. T. haussa les épaules :
– À quoi serviraient les amis, sinon ? À tout à l'heure !
Il me fit un petit signe de la main et disparut.
Je fixai mes cahiers sans les voir. Je pensais à Henri. Je revoyais Sim et son menton dégoulinant de sang. Un frisson glacé me parcourut tout entier.
Gaby allait pénétrer toute seule dans les souterrains de City Hall, dans le territoire des vampires. Et c'était de ma faute.

12

C'est fou ce qu'on est capable d'inventer en cas d'urgence ! Je levai la main et expliquai, d'une voix mal assurée, que le thon de mon sandwich de midi était sûrement avarié, car je ne me sentais pas bien du tout. Le surveillant me laissa sortir aussitôt.

Je courus tout le long du chemin jusque chez J. T. Ses parents n'étaient pas encore rentrés et il était en train de jouer avec son ordinateur.

– Qu'est-ce qu'il t'arrive ? demanda-t-il. Tu es poursuivi par une troupe de vampires ?

– Non, haletai-je. Mais ils sont peut-être en train de poursuivre Gaby !

Je racontai en quelques mots mes aventures de la nuit. J'expliquai à J. T. que Sim avait bu du sang humain. Il m'écoutait, fasciné, comme si je lui racontais le scénario d'un film d'épouvante.

Mais, quand j'eus fini mon récit, il reprit pied dans la réalité :

– Tu veux me faire marcher, c'est ça ? Tu t'es mis d'accord avec Gaby ?

– J. T., je parle sérieusement, je te le jure ! Tout ce que je te demande, c'est de me couvrir auprès de mon père. Papa croit que je suis en retenue. Si je ne suis pas de retour quand il rentrera à la maison vers cinq heures et demie, téléphone-lui et dis-lui que j'ai eu un malaise à l'école et que tu m'as ramené chez toi, que je dors, et que c'est pour ça que je ne l'appelle pas moi-même, ou n'importe quoi !

– Tu es devenu fou ? protesta J. T. Et d'abord, pourquoi ton père me croirait-il ? Il sait que tu t'es déjà servi de moi pour dissimuler ton escapade de l'autre nuit !

– Et que tu aurais pu avoir des ennuis à cause de moi ! C'est bien pour ça que cette fois, il te croira.

– Bon, d'accord. Mais qu'est-ce que tu as de si urgent à faire ?

– C'est à cause de Gaby. Elle est en danger !

J. T. passa la main dans ses cheveux, ce qui lui fit une tête plus ébouriffée que jamais :

– Alors, cette histoire de vampires, ce n'est pas une blague ? Tu me le jures ? Tu le jures sur la tête de Brisquou ?

Brisquou était un épagneul, le chien de J. T. L'été précédent, comme nous le promenions ensemble, il avait rompu sa laisse et il avait été heurté par une voiture qui ne s'était même pas arrêtée. Il était mort dans nos bras, sur le trottoir, et, jusqu'à la fin, il n'avait cessé de nous regarder avec ses grands yeux bruns, l'air de dire : « Aidez-moi ! » La laisse était en cuir tressé. C'était Gaby qui l'avait faite et qui en avait fait cadeau à J. T. Alors on avait décidé de mentir à Gaby, sinon elle se serait sentie terriblement coupable. On lui avait raconté que Brisquou, qui était vieux, était mort paisiblement dans son sommeil. C'était notre secret à tous les deux.

Je regardai J. T. dans les yeux et dis :

– Sur la tête de Brisquou, je le jure !

J. T. soupira profondément, et je réalisai alors qu'il avait retenu son souffle en attendant ma réponse.

– Sapristi ! souffla-t-il. Des vampires !

Ses taches de rousseur se détachaient plus que jamais sur son visage devenu tout pâle. Maintenant, il avait peur.

– D'accord, reprit-il. J'appellerai ton père d'une cabine publique.

– D'une cabine publique ? Pourquoi ?

J. T. sourit :

– Parce que je viens avec toi !

J. T. était au coude à coude avec moi tandis que nous descendions les escaliers menant à City Hall. Arrivés sur le quai, nous restâmes un moment immobiles, attendant que nos yeux s'habituent à l'obscurité.
– Tu vois quelqu'un ? murmura J. T. Je veux dire, tu vois des... heu... des choses ?
Je secouai la tête :
– Rappelle-toi, tu peux faire confiance à Valentin, il nous protégera. Mais méfie-toi des autres...
– Si l'on en voit un arriver, on file d'ici au pas de course, d'accord ?
– Absolument ! approuvai-je.
– Je pense à quelque chose, Fred. Tu te souviens, quand tu nous as raconté ton voyage dans le métro des vampires... ?
– Oui, et alors ?
– Tu avais dit que l'un des vampires avait touché le sang sur ta jambe avec son doigt et l'avait léché ? Eh bien, j'ai lu dans un livre sur les vampires que, si l'un d'eux goûte une fois votre sang, son esprit entre en vous, d'une certaine façon. Je sais bien que ce vampire n'a sucé qu'une goutte de ton sang, mais... C'est peut-être pour ça que tu te conduis de façon si bizarre, depuis quelque temps ?
Je me retournai si brusquement que nos épaules se heurtèrent. Je faillis lui crier que c'était l'his-

toire la plus idiote que j'avais jamais entendue. Mais je me tus. Et s'il avait raison ? Je m'étais senti tellement... oui, tellement autre, cette nuit-là, marchant jusqu'à l'aube sans la moindre fatigue avec Valentin, respirant l'air nocturne. Peut-être avais-je désormais un côté vampire ?
Soudain, il y eut un mouvement dans un coin. J. T. poussa une exclamation étouffée :
– Hé, Fred, il y a quelqu'un, là !
Il m'agrippa par ma veste, comme si cela pouvait le protéger du danger.
Une tête émergea de derrière les vieilles caisses entassées au bout du quai.
– Henri ! m'écriai-je. Mais où étiez-vous passé ? M. Wang se faisait du souci pour vous !
Henri eut un drôle de petit rire :
– Hé-hé, tu sais, mon gars, même les types dans mon genre ont besoin de petites vacances, quelquefois !
Je m'approchai :
– Henri, on cherche notre amie Gaby, vous savez, la fille avec une longue tresse blonde.
Henri passa sa langue sur ses lèvres.
– Je la connais. Mais est-ce que je l'ai vue ? Hmmm, laisse-moi réfléchir...
Soudain, aux pieds d'Henri, je remarquai un rat mort. Un rat qui avait l'air... tout plat, comme s'il n'y avait plus rien à l'intérieur.

– Henri, hasardai-je d'une voix mal assurée, où étiez-vous, la nuit dernière ?
– Ici et là, répondit Henri.
Il sourit découvrant deux canines bien plus longues que d'ordinaire. Deux canines... rouges. J. T. poussa un hurlement et me tira violemment en arrière. Je reculai derrière un pilier et continuai, tentant de paraître plus brave que je ne l'étais :
– Où est Gaby ? Vous l'avez vue, n'est-ce pas ?
– Valentin l'a emmenée faire un petit tour. Un petit tour dans le métro des vampires !
– Ça va, J. T., murmurai-je. Si Gaby est avec Valentin, elle n'a rien à craindre. Il la protégera.
– Il la protégera ? ricana Henri.
– Oui, affirmai-je. Il ne boit pas de sang humain, lui !
– Qui t'a dit ça ?
– Lui-même ! déclarai-je, mal à l'aise.
– Et tu l'as cru ?
Henri renversa sa tête en arrière et éclata d'un horrible rire, ses dents sanglantes luisant d'un éclat sinistre dans l'obscurité.

13

J. T. me tira par la manche :

– Viens, Fred, fichons le camp d'ici !

Mais j'étais figé. Se pouvait-il vraiment que Valentin m'ait menti ? Qu'il m'ait trahi ?

– Attends, murmurai-je, il faut que je sache...

Mais, alors, Henri avança d'un pas, ses yeux rougeoyant dans l'ombre.

– Viens, Fred ! cria J. T.

Et, sans attendre ma réponse, il m'attrapa par le bras et me força à courir.

Comme nous atteignions les escaliers, j'entendis derrière nous la respiration haletante d'Henri, tandis que l'ombre qui nous enveloppait ressemblait soudain à celle d'une gigantesque chauve-souris lancée à notre poursuite.

Nous grimpâmes les marches quatre à quatre. Henri trébucha et poussa un grognement de douleur, mais il se releva aussitôt. Il bougeait vite, bien plus vite que le Henri d'avant.

Arrivant à la dernière marche, je repoussai des deux mains les planches qui fermaient l'entrée.

– Fred ! hurla J. T.

Je me retournai et vis que Henri le tenait par les épaules. Sa bouche grande ouverte, ses dents luisantes s'approchaient dangereusement du cou de J. T.

D'un mouvement brusque, j'écartai les planches. La lumière du soleil s'engouffra par l'ouverture, frappant Henri en plein visage.

Il poussa un hurlement, le couvrit de ses mains et recula vivement dans l'ombre.

Je poussai J. T. à l'extérieur et m'élançai derrière lui. Nous nous laissâmes tomber par terre, hors d'haleine. Nous l'avions échappé belle !

– Je n'arrive pas à y croire, haleta J. T.

– Tu as eu un drôle de sang-froid ! J'étais comme paralysé, tout à l'heure, en bas ! Tu m'as sauvé la vie !

– Mais là, c'est toi qui m'as sauvé ! Bon sang, j'espère ne plus jamais recommencer une chose pareille !

Puis il se tut et nous échangeâmes un regard qui en disait long : nous le savions tous les deux, il nous fallait y retourner. Pour Gaby.

Pourtant, si J. T. avait voulu abandonner et me

laisser seul, je ne lui aurais pas fait de reproches. Ce n'était pas de sa faute si Gaby était maintenant aux mains des vampires, si elle était peut-être vampire elle-même...

– Tu n'es pas forcé de venir. Tout ça, c'est à cause de moi. Si je ne vous avais pas sans cesse raconté des histoires, vous m'auriez cru tout de suite quand je vous ai parlé des vampires. Et si je n'avais pas été aussi injuste avec Gaby, elle n'aurait pas détruit ses photos et n'aurait pas eu besoin de s'aventurer dans les souterrains pour en faire d'autres.

– Et si nous n'étions pas les meilleurs amis, ajouta J. T., nous ne serions pas là tous les deux, pour tenter de la sortir de ce trou à rats !

Il se releva et rajusta son pantalon :

– Où est-ce que Valentin a pu l'emmener ?

– J'ai peut-être une idée.

– Super ! s'écria J. T.

Il faisait tout son possible pour paraître brave, mais je voyais bien qu'il était aussi terrifié que moi.

– Le seul problème, c'est qu'il faut redescendre là-dedans.

Je remis d'abord doucement les planches en place devant l'ouverture, laissant juste un étroit passage où me faufiler. Puis je descendis les premières marches sur la pointe des pieds. Nous étions convenus avec J. T. que, si je criais, il écarterait les planches d'un coup pour laisser le soleil entrer. Henri avait sans doute été affaibli par sa courte exposition à la lumière du jour, mais elle n'avait pas suffit à le détruire.

Je descendis prudemment quelques marches. J'entendis un bruit rassurant : des ronflements. Henri s'était endormi derrière les caisses, au bout du quai. On n'apercevait que le bout de ses pieds.

Je remontai rapidement les escaliers :

– La voie est libre, il dort. Mais ne fais pas de bruit !

J. T. approuva et me suivit. Nous longeâmes le quai sur la pointe des pieds et descendîmes sur les voies. À part le métro des vampires, nous n'avions à craindre l'arrivée d'aucune rame.

On pourrait penser qu'après avoir survécu à une course poursuite avec un vampire assoiffé de sang dans des souterrains obscurs on se sent prêt à affronter n'importe quoi. Eh bien, c'est faux. C'est encore plus effrayant de marcher dans le noir en remontant un tunnel inconnu, surtout quand on n'est pas absolument sûr d'aller dans la bonne direction !

Finalement, après avoir pris plusieurs embranchements, je reconnus l'endroit. Le métro fantôme était arrêté au bout du tunnel, devant la station privée de Valentin. Des bougies brûlaient dans des candélabres et leur lumière dansante faisait bouger les ombres entre les colonnes dorées, sous le vaste dôme orné de mosaïques, sur le visage blême des vampires. Elle allumait sur la cape de Valentin des reflets de feu. Et vacillait dans les yeux terrifiés de Gaby.

J. T. laissa échapper un cri et tous les vampires tournèrent la tête vers nous.

Valentin eut un large sourire et tendis la main :

– Ah, jeunes gens, nous vous attendions !

Je grimpai sur le quai et J. T. me suivit. Valentin était debout près de Gaby. Sim paraissait mener la troupe des vampires assemblée derrière lui. Il me parut que nous venions de troubler une discussion importante.

– Valentin, commençai-je, laissez-la partir ! Gardez-moi à sa place !

Sim poussa un hurlement de rire :

– On ne discute pas avec les vivants, mon petit gars ! Nous ne laisserons partir aucun de vous, qu'est-ce que tu crois !

Je criai à Valentin :

– Comment pouvez-vous laisser faire une chose pareille ? Vous aviez promis de me protéger !

– Je suis un vampire, Fred, murmura Valentin. Une créature du diable.

Je fixai son long visage pâle. Comment avais-je pu lui faire confiance ?
– Je t'avais prévenu ! Je t'avais dit de ne faire confiance à personne, continua Valentin. Je t'avais même donné un indice.
– Un indice ?
– Je t'ai dit que c'était moi le créateur et le maître de cette lignée de vampires, moi qui les avais introduits dans le monde de la nuit, dans la Zone d'ombre. Comment aurais-je pu le faire sans goûter au sang humain ?
– C'est vrai. Je n'avais pas pensé à ça.
– Non, reprit doucement Valentin. Tu n'entends jamais que ce que tu veux bien entendre, Fred !
Sim fit un pas en avant, menaçant :
– Ce n'est pas bientôt fini, ces bavardages ? gronda-t-il.
Et, désignant Gaby, il siffla :
– Regardez-la ! Elle est... parfaite !
– Une minute ! intervint Ronnie le hippie en tripotant nerveusement les franges de sa veste. Je croyais qu'on devait la tirer au sort.
– Ouais, dit Sim, mais maintenant, on en a deux de plus ! Et, celle-là, c'est moi qui l'ai trouvée !
– Et c'est moi qui vous ai empêchés de faire rater notre plan ! tonna Valentin. Avez-vous déjà tous oublié les termes de notre accord ?
De quel plan parlait-il ? Je n'en savais rien, mais

les vampires eurent soudain l'air de gamins pris en faute. Ronnie regardait ses sandales, Mary jouait avec ses rubans, Sim fronçait les sourcils.
– Écoutez, balbutia J. T., on ne veut pas vous déranger dans votre... euh, votre réunion. On venait juste chercher Gaby. On s'en va tout de suite !
– J'ai peur que non, déclara Valentin.
Il regardait Gaby.
– Elle est fraîche comme une rose, murmura-t-il, une rose prête à éclore...
– Et poète, avec ça, cette espèce de Dracula ! laissa échapper Gaby.
Valentin sourit :
– Évidemment, elle manque un peu de savoir-vivre !
– Je vous en prie, suppliai-je, laissez-la partir ! Je ferai tout ce que vous voudrez !
Valentin me fixa durement :
– Tout ce que je voudrai, Fred ?
Ses narines palpitèrent :
– Sais-tu ce que je voudrais que tu fasses pour moi ?
– Quoi donc ? balbutiai-je, le cœur battant.
– À vous trois, continua Valentin, aussi charmants que vous soyez, vous n'êtes pas tout à fait... suffisants ! C'est pourquoi, Fred, je te serais extrêmement reconnaissant si tu nous

aidais à conduire notre métro sur des voies en fonctionnement. Cela nous permettrait d'accueillir de nouveaux... passagers !

– Je ne peux pas faire ça ! m'écriai-je. Si vous pénétrez dans le réseau normal, vous verrez l'heure sur les pendules des stations ! Vous saurez quand la nuit tombe ! Vous sortirez du métro et vous envahirez la ville !

– Cela pourrait bien arriver ! admit Valentin.

Derrière lui, la troupe des vampires gronda.

– Ce serait un marché entre toi et nous, Fred, reprit Valentin. Tu imagines à quel point nous te serions reconnaissants ! Assez reconnaissants pour vous laisser partir sains et saufs, toi et tes amis !

– Je ne peux pas accepter ce marché ! criai-je. Je ne comprends même pas comment vous osez me le proposer !

Les mains de Valentin se refermèrent sur le cou de Gaby. Elle frissonna.

– C'est simple, Fred. C'est le seul moyen pour toi de sauver ton amie. Si tu refuses, elle sera la première d'entre vous à entrer dans le monde des vampires !

14

– Ne fais pas ça ! cria Gaby. On trouvera un autre moyen !
– Il n'y a pas d'autre moyen ! la coupa Valentin.
– Tu ne peux pas faire ça, Fred ! cria encore Gaby.
Elle luttait désespérément pour se dégager de l'étreinte de Valentin, mais en vain. C'était étrange, car les mains du vampire semblait à peine toucher son cou.
C'est en regardant ces mains que je pris ma décision. Je voyais les os à travers la peau blanche. Les veines étaient taries, le sang n'y coulait pas. L'être qui se tenait devant moi me fixait avec des yeux morts, et le mal hantait son esprit. Je ne pouvais pas laisser Gaby devenir semblable à lui, une morte vivante, une créature du diable !
Je croisai le regard de Valentin et je compris qu'il savait déjà ce que serait ma décision. Depuis le début, il le savait. Depuis le jour où il m'avait

introduit dans son monde souterrain, dans la Zone d'ombre, il le savait. Il m'avait choisi pour cela.

– Je vous conduirai, dis-je.

Il lâcha Gaby et elle s'écarta vivement de lui en se frottant le cou.

Valentin sourit :

– Tu as fait le bon choix, mon garçon.

– On va enfin sortir d'ici ! s'exclama Ronnie.

– Il était temps ! ajouta Sim. Cela fait plus de soixante ans que j'attends ce moment ! Henri n'était qu'un avant-goût des festins à venir !

Mary eut un petit rire méprisant :

– Vous auriez pu nous choisir un nouveau compagnon un peu plus présentable, Sim !

– Je n'ai pas eu le temps d'intervenir, s'excusa Valentin. Sim m'a échappé. Henri est l'un des nôtres, désormais.

– Mais il est répugnant ! protesta Mary. Il pue ! Et vous avez vu ses chaussures dégoûtantes ?

– Maintenant que nous allons pouvoir sortir de cette prison, dit Sim, je retournerai du côté de Wall Street. La prochaine fois, je vous promets de planter mes dents dans le cou d'un homme d'affaires riche et distingué, en cravate et costume trois-pièces !

Pour dissiper la nausée qui m'avait saisi, je me tournai vers Valentin :

– Alors, que dois-je faire ?
– Il semble qu'il y ait un embranchement pas très loin d'ici. Il n'est plus utilisé depuis longtemps, mais les rails paraissent en bon état.
– En ce cas, pourquoi n'avez-vous pas essayé plus tôt ?
– Parce que le poste d'aiguillage se trouve au tournant du tunnel, juste sous une ouverture grillagée qui donne sur l'extérieur. Pendant les heures du jour, la lumière y entre largement. Ceux d'entre nous qui ont tenté de s'y aventurer ne sont jamais revenus. C'est pour cela que nous avons besoin de toi. Nous attendions depuis des années qu'un être vivant accepte enfin de nous aider.
– Et c'est moi l'heureux gagnant, murmurai-je.
– Tout ce que tu auras à faire, continua Valentin, c'est d'actionner un levier pour diriger le train sur une autre voie. Je préférerais une voie pas très fréquentée, toutefois, pour qu'on ne nous remarque pas trop.
– Mais on rencontrera moins de victimes ! protesta Mary.
– On en rencontrera bien assez, siffla Valentin.
Et, se tournant vers moi, il ajouta :
– Alors, Fred, quelle ligne te paraît convenir le mieux ?
– N'importe laquelle, murmurai-je.

– Je sais, intervint Gaby. Essayons la ligne sept.
– La ligne sept ? demanda Valentin.
– Je n'ai jamais pris cette ligne, repris-je, je ne la connais pas.
– Mais si, tu la connais ! insista Gaby. On l'a prise pour aller voir le match, l'année dernière, quand l'équipe des Mets a perdu quinze à zéro, tu te souviens ?
J'avais du mal à croire que Gaby se souvienne d'un match de base-ball à un moment pareil, même si elle est une vraie fan !
– La ligne sept ? D'accord ! approuva Valentin. C'est un chiffre qui me plaît.
– Ça porte bonheur ! s'exclama Sim.
La troupe des vampires éclata de rire.
C'était vraiment facile d'atteindre les aiguillages. Si les vampires avaient été sûrs de pouvoir s'y rendre de nuit, ils auraient pu les manœuvrer eux-mêmes sans difficulté.
Je balayai d'un revers de main les toiles d'araignées qui recouvraient les leviers. Les numéros étaient encore visibles, malgré l'épaisse couche de poussière noire.
J'hésitai. J'avais peut-être encore une chance de sauver New York ? Je n'étais pas certain que plus de la moitié de la population de la ville méritât d'être sauvée. Mais Gaby et J. T., eux, le méritaient ! Ils étaient mes meilleurs amis. Je les ima-

ginais devant moi, souriants, vivants. Je devais les sauver.
Mais comment ?
Je me demandais pourquoi Gaby s'était souvenue de ce match. Peut-être parce qu'on s'était super bien amusés, ce jour-là ? Et pourtant notre équipe favorite, les Mets, s'était fait battre à plate couture ! Et nous avions mangé tellement de hot-dogs et de barbes à papa que nous avions été malades comme des chiens dans le métro au retour !
Alors, je me souvins. Après avoir traversé l'East River, la ligne numéro sept est aérienne. Elle surgit du tunnel en pleine lumière. Gaby avait tenté de me souffler le moyen de détruire les vampires !
Oui, mais cela marcherait-il ?
Je jetai un regard par l'ouverture grillagée qui donnait sur la rue, au-dessus de moi. Le soleil me parut déjà bien bas. Je jetai un coup d'œil à ma montre : cinq heures.
Aurions-nous le temps de quitter le tunnel souterrain avant le crépuscule ?
Et si le pire arrivait, si la nuit était tombée à ce moment-là, Valentin tiendrait-il sa promesse de nous laisser partir ? Je me souvenais de ses paroles : « Je suis un vampire, Fred. Une créature du diable ! »

Il m'avait mis en garde, il m'avait dit lui-même de ne jamais lui faire confiance. Mais je devais courir le risque, je n'avais pas le choix.
Je tirai le levier qui allait conduire le métro des vampires dans le monde des vivants.

15

Dix minutes plus tard, j'étais de retour. Le métro était prêt à partir. Les visages blafards des vampires me fixaient à travers les vitres et je leur trouvai des yeux d'affamés qui me firent frémir. Henri était là aussi, il s'était réveillé à temps.

– Oooh, gémit Mary, je ne peux plus attendre !

– C'est fait, dis-je à Valentin. Maintenant, laissez partir au moins Gaby et J. T.

– Désolé, Fred, s'excusa Valentin, mais ce n'est pas possible. Je veux d'abord être sûr que tu nous a bien aiguillés sur la bonne voie !

– Oui, renchérit Sim, il pourrait très bien nous avoir envoyés sur une autre ligne abandonnée !

Fixant Valentin dans les yeux, je dis :

– Je tiens toujours ma parole. Ce n'est pas le cas de tout le monde, ici !

Valentin se contenta de sourire :

– Je suis sûr que tes amis comprendront, Fred. Assieds-toi, nous allons partir.
Je m'assis près de Gaby et J. T., aussi loin que possible des vampires, ce qui n'était guère facile, car le wagon était presque plein.
Il y eut une secousse et la rame s'ébranla. Le départ fut salué par une explosion de rires qui résonnèrent sinistrement sous les voûtes, tant on y percevait la soif du sang frais !
– Tu l'as fait ? me chuchota Gaby. Tu nous a bien aiguillés sur la ligne sept ?
Je fis oui de la tête. Puis je chuchotai à mon tour :
– Mais il est déjà cinq heures et quart.
– Et alors ?
– Alors le soleil ne va pas tarder à disparaître.
– Oh ! fit-elle.
– Qu'est-ce qui se passe ? demanda J. T.
Mais Valentin regardait dans notre direction et d'un léger coup de genou j'engageai J. T. à se taire. Je sentis qu'il tremblait, et Gaby crispait ses mains si fort que les jointures de ses doigts pâlissaient.
– Je suis vraiment désolé pour tout ça, murmurai-je. C'est de ma faute.
– Qu'est-ce que tu racontes ? s'indigna Gaby. Nous avons refusé de te croire quand tu nous as parlé du métro des vampires. C'est notre faute à nous !

– Pourquoi m'auriez-vous cru ? Je n'ai pas cessé de vous raconter des histoires !
– Arrête avec ça, Fred, ajouta Gaby. Ça n'a plus d'importance de toute façon. On est ensemble, tous les trois, c'est tout ce qui compte.
Et elle glissa sa main dans la mienne.
Je lui étais infiniment reconnaissant pour ces paroles, mais je savais que, si nous nous en tirions, il me faudrait gagner une autre bataille, une bataille contre moi-même. J'avais toujours tendance à trop parler et à raconter n'importe quoi. Aussi je me promis de ne plus jamais déguiser la vérité, ni avec mes amis, ni avec mes parents, ni même avec mes professeurs. Tant pis si l'affreux Mick Materson me traitait de poule mouillée !
Et je me rendais compte que je m'étais conduit comme un véritable idiot. J'avais donné ma confiance à un vampire ! Je jetai un coup d'œil à Valentin.
Il était debout à l'arrière de la voiture, fixant les parois sombres du tunnel qui défilaient derrière la vitre. Peut-être se demandait-il lequel d'entre nous servirait en premier de pâture à ses amis aux dents pointues ! Ou peut-être imaginait-il les nouveaux compagnons qui viendraient bientôt grossir sa troupe ? Des gens avec qui discuter, des personnages plus intéressants que

Ronnie ou Mary, sans parler du grossier Sim qui le rendait malade d'ennui !

Je regardai ma montre. Je ne connaissais pas l'heure exacte du coucher de soleil, mais je pensais que c'était aux environs de cinq heures et demie. Quelle quantité de rayonnement faut-il pour détruire un vampire ? Je l'ignorais.

Sim fit claquer sa langue :

– L'heure approche, murmura-t-il. Ce sera un tel plaisir d'avoir de si délicieux amis à dîner !

Mary approuva avec un petit rire coquet. Et je pensais que, à ce dîner, c'est nous qui serions les apéritifs !

Soudain J. T. s'écria :

– Vous aviez promis de nous laisser partir si Fred vous mettait sur la bonne voie !

Sim et Mary échangèrent un coup d'œil égrillard.

– On avait promit ça, nous ? dit Sim.

– Je ne m'en souviens pas ! ajouta Mary.

– Valentin, criai-je, on avait conclu un marché !

Le regard de Valentin quitta lentement la fenêtre pour se tourner vers moi.

– Attends un peu, Fred. Attends encore un peu.

– Il ne fera rien pour nous, murmura Gaby en me lançant un regard effrayé. Crois-tu qu'on soit déjà sous la rivière ?

Je haussai les épaules, je n'en avais pas la moindre

idée. Tout ce que je savais, c'était que dehors, au-dessus de nos têtes, le soleil baissait lentement au fond de l'horizon. Et le soleil était notre dernière chance.

La rame rugissait, filant à vitesse maximale, nous secouant sur nos sièges comme des ballots. Soudain, Gaby me saisit la main. Alors je vis que, derrière les vitres, la lumière changeait imperceptiblement. Les parois du tunnel, qui paraissaient jusqu'alors totalement noires, tournaient au gris foncé. Je serrai la main de Gaby, retenant mon souffle. Le gris foncé tournait au gris clair.

– Hé, cria Sim, qu'est-ce qui se passe ?

– On dirait... de la lumière ! dit Mary inquiète.

Je regardai Valentin. Il se tenait debout, immobile, les mains derrière le dos. Il regardait la lumière monter lentement sans paraître étonné.

– Hé, cria Sim, une minute ! On va vers où, là ?

À cet instant, la rame sortit du tunnel et roula à ciel ouvert. Et l'éclat du soleil couchant entra par les fenêtres, illuminant l'intérieur du wagon, dévorant les sièges et les parois comme une langue de feu.

Mary hurla, cachant son visage dans ses mains :

– Non ! Arrêtez ! Nooooon !

Ronnie sauta sur ses jambes, sa queue de cheval battant sa nuque. Il se précipita vers la cabine du conducteur, ouvrit la porte en hurlant :

– Arrêtez ! Arrêtez ce train !
Mais le conducteur ne bougeait plus, paralysé, la bouche ouverte dans un long cri de terreur.
Sim s'élança vers moi, le visage tordu de rage, les lèvres relevées sur ses canines pointues.
– Attention, Fred ! cria Gaby.
Mais les jambes de Sim se dérobèrent sous lui. Il tomba sur Mary qui se tordait déjà sur le sol.
Ce fut un spectacle horrible. Le métro roulait en pleine lumière et la chair blême des vampires fondait sur leurs visages, sur leurs mains, comme de la cire au feu. Leurs cris stridents nous déchiraient les oreilles. Leurs squelettes rougeoyèrent à travers les vêtements qui tombaient en lambeaux. Puis il n'y eut plus sur le sol que de sinistres petits tas de poussière grise.
Je cherchai Valentin des yeux. Il était le seul à se tenir encore debout. Il avait tourné son visage vers le soleil couchant, et semblait flamboyer dans un cercle de feu.
Soudain, il vacilla, tomba sur un genou, tendit les mains en avant pour se retenir. Enfin il s'écroula, face contre terre.
Puis, à la dernière seconde, il releva la tête, et pour la première fois, je vis dans ses yeux un regard véritablement humain. Il ouvrit la bouche, tentant de parler.
Je n'entendis pas les mots qu'il avait prononcés,

mais je les avais compris. Valentin m'avait dit : « Merci ! »

Puis à son tour il devint poussière et entra dans le repos éternel.

16

Je m'agenouillai près de ce qui avait été Valentin. Il ne restait de lui qu'une cape noire doublée de satin d'un rouge fané et une canne au pommeau d'argent.

Ainsi donc, il savait. Il savait que nous aiguillerions le métro vampire sur une ligne extérieure. Il nous avait lui-même offert notre unique chance de salut. Il avait choisi le seul moyen qui lui restait pour nous protéger, Gaby, J. T. et moi, de ses horribles compagnons. Il voulait les détruire. Il voulait les libérer, et se libérer lui-même !

– Il a vraiment été mon ami, murmurai-je.

– Qu... quoi ? bredouilla J. T.

Il paraissait passablement bouleversé. Pourtant, il reprit d'un ton plus ferme :

– On reparlera de cette histoire plus tard. Pour l'instant, on a un sérieux problème : comment arrêter ce fichu train ?

Je sautai sur mes pieds. J. T. avait raison. Nous étions dans un wagon fou filant sur les rails à toute allure. Il pouvait percuter un autre train où même verser dans un tournant !

– Il faut ralentir ! cria J. T. tentant de couvrir le bruit de la rame.

Je m'élançai vers la cabine du conducteur, enjambant ce qui restait des vêtements des vampires. La longue jupe de Mary ressemblait à un vieux chiffon et les rubans de son chapeau étaient en lambeaux. Je repoussai d'un coup de pied l'uniforme fané du conducteur et observai les cadrans et les manettes d'un œil incertain.

– Essaie le levier de droite, suggéra Gaby.

Je le poussai et le wagon bondit en avant avec un rugissement.

– Pas comme ça ! cria Gaby. Tire-le vers toi !

J'essayai. Un mécanisme s'enclencha et le train ralentit légèrement.

– C'est ça ! s'écria J. T.

Il se tourna vers Gaby, admiratif :

– Comment tu le savais ?

– Je l'ai lu dans un des livres que j'ai consultés sur l'ancien métro de New York, quand je rassemblais des documents pour notre exposé.

Gaby regardait par la vitre :

– Il y a une station, là-bas, avec des gens qui attendent !

– Qu'est-ce qu'on va faire ? s'inquiéta J. T.
– Je vais stopper le wagon à l'extrême bout du quai, proposai-je. Et on courra tout de suite vers les escaliers !
Notre étrange métro pénétra dans la station. Les voyageurs levèrent les yeux, vaguement étonnés. Mes mains moites glissèrent sur le levier et une secousse nous projeta vers l'avant.
– Ralentis, Fred ! cria J. T.
– Je fais ce que je peux, grognai-je.
Finalement, notre rame longea le quai tranquillement. Lorsque nous arrivâmes au bout, j'abaissai le levier et le wagon s'arrêta avec un crissement aigu. Mais j'avais été un tout petit peu trop loin, nous étions coincés dans l'étroite cabine !
– La porte de derrière ! criai-je.
Sautant par-dessus les restes macabres qui jonchaient le plancher, nous nous précipitâmes vers la portière. Au passage, je ramassai la canne de Valentin, puis je sautai sur le quai derrière Gaby et J. T.
– Chouette wagon ! remarqua un garçon en jean et en baskets. D'où vient-il ?
– Du musée des horreurs ! lui lança Gaby.
Un policier en uniforme s'avança vers nous :
– Hé, jeunes gens, où allez-vous comme ça ?
– On a intérêt à filer ! fit Gaby.
Au pas de course, nous montâmes les escaliers

pour émerger enfin, hors d'haleine, sur un trottoir où il ne nous restait plus qu'à disparaître au milieu des passants.

– Il était moins une ! souffla J. T. Tu as été rudement bien inspirée, Gaby, de nous envoyer sur la ligne sept ! Je n'y aurais pas pensé !

Je renchéris :

– Tu es notre héros, Gaby !

– Vous n'avez pas été mal non plus, les gars, répliqua Gaby. Je dois avouer qu'avant votre arrivée je n'en menais pas large !

– Je me sens... je me sens... colossal ! s'écria J. T. Mick Materson n'a qu'à bien se tenir !

Je jetai un coup d'œil à ma montre :

– Il est cinq heures et demie. Papa est déjà là et doit être en train de se demander à quelle sauce il va me manger. Qu'est-ce que je vais lui raconter ?

– On va y réfléchir en rentrant, proposa Gaby. Quand on a réussi à échapper à une assemblée de vampires assoiffés de sang frais, on devrait être capable de se tirer de n'importe quelle situation, non ?

Je regardai Gaby et J. T. et je leur souris. Je sentais que quelque chose avait changé en moi, comme si un léger voile de brouillard qui me séparait jusqu'à présent du reste du monde s'était soudain déchiré.

Valentin n'était peut-être pas le seul à avoir conquis sa liberté.
– Il fait déjà presque nuit, remarqua J. T. Chez moi aussi, ça risque de barder !
– Ça me paraît plus prudent de ne pas prendre le métro à cette station, dit Gaby. On nous a sûrement repérés. Marchons plutôt jusqu'à la prochaine.
Les lampadaires s'allumèrent dans les rues. Soudain, Gaby s'arrêta et nous regarda :
– Je pense à quelque chose. Puisque nous avons rencontré un métro de vampires, il n'est pas impossible que..., qu'il y en ait d'autres ! Ces anciens souterrains sont un refuge idéal pour les créatures de la nuit !
– C'est vrai, approuvai-je. Il fait toujours noir, là-dessous !
– Et il y a un million d'endroits où se cacher ! ajouta J. T.
Nous échangeâmes un long regard.

J'abordai un homme, à l'entrée du métro :
– Pardon, Monsieur, est-ce que c'est la ligne qui va vers le centre-ville ?
– Oui, c'est l'express.
Et il sourit. Je lui trouvai des dents un peu trop pointues.
– Si vous voulez, ajouta-t-il, je peux vous

amener sur le bon quai, suivez-moi.
Il commença à descendre les marches. Soudain, s'arrêtant dans l'ombre, il se tourna vers nous. La lumière des lampadaires alluma dans ses yeux une curieuse lueur rouge.
– Venez, murmura-t-il.
Je restai un instant indécis. Puis je me tournai vers mes amis :
– Si on prenait plutôt l'autobus ?

FIN

ZONE D'OMBRE

PASSION DE LIRE

LE MÉTRO VAMPIRE

LES SORCIÈRES D'À CÔTÉ

UN EXTRATERRESTRE SOUS MON LIT

LE FANTÔME DE LA MONTAGNE HANTÉE
(à paraître en avril 1997)

LES SPECTRES DE L'ORDINATEUR SE VENGENT
(à paraître en juillet 1997)

UN SQUELETTE DANS L'ARMOIRE
(à paraître en octobre 1997)

Impression réalisée sur CAMERON
par BRODARD ET TAUPIN
La Flèche
en janvier 1997